TRAVEL LIGHT

路上慢慢想

謎卡 MIKA

CONTENT

目錄

PREFACE

序言

經過自己

台灣 Taiwan

台北 Taipei

故事從台北開始，記得剛滿十九歲的自己，爬上文化大學後山的圍牆，從陽明山眺望腳下吸附了滿滿光源的台北盆地，啊，就是這裡，初秋的風沙沙地吹，街燈隱隱約約搖晃著，迷迷茫茫的像城市裡罩著一層薄薄的霧，那片夜景像一場夢，車水馬龍，熙熙攘攘。那時的台北對我而言，是個夢想呀，彷彿還能聽到那個坐在高中教室裡的我，雄赳赳氣昂昂又堅定的發表：我呀，大學一定要去台北，去新的地方，去繁華的大城市裡！

在台北住了四年，離開了又回來了，從來沒喜歡過這座城市。不是它不好，只是，在這裡花了太多力氣，放了太多感情，懵懵懂懂的穿梭在鬧區街頭巷尾的精緻餐廳裡，任性又揮霍。

「獨自離鄉背井很辛苦吧？」聽到了我是高雄人，美髮店老闆隨口的一句寒暄，才讓我意識到，原來這些日子以來那種難以消化的抽離感，名叫離鄉背井。就像有些人很能夠忍受疼痛，我想也有些人特別習慣孤獨。繞了世界一圈，才發現不快樂的日子，來自於人和心不在同一個地方。恍然在台北的我，把日子過得很滿，像台北人一樣忙碌，有過開心的時光，卻好像沒有真正的快樂過。總覺得這座城市讓人失望，下太多的雨、太擠、太冷漠。想逃離卻又眷戀著，像愛上一個不該愛的人，淚

流滿面卻頻頻回首，決定再給他一次機會。

我不斷地奔跑，不斷尋找，只是人生太長又太短，短到還沒好好感受年輕就老了；短到太多遺憾沒有機會重來；短到恍然之間，就過了一個又一個年頭。卻又長到得以寄望未來，而忘了擁抱此時此刻；長到夢想都被堆在明天，以為我們有無限的以後；長到戀人不及白首，就失去了相愛的勇氣。

我不斷地奔跑，不斷尋找，世界這麼大，哪裡才是我的家？於是流浪，漂泊在白日與晝夜之間，一路迂迴取捨，越是追求真相，越是感到迷惘；越是探索人性，越是感到缺失。

住在台北的日子裡，我總是很匆忙的出門，不管去哪裡，不管有多少時間可以做準備，我永遠都會遲到，或者，差點遲到。然而回程不一樣，那是忙碌的一天裡，可以慢下腳步偷閒的片刻，在這條回家的暗巷裡，慢慢的走，觀察路邊的菩提樹，臆測路人會在哪個巷口轉彎離開，將肩上的城市華服一件件褪下，咀嚼情緒，慢慢走回我自己。

過了幾些年來，我終於學會在焦慮的無盡狂奔裡慢下來，練習切洋蔥，練習認識一個人，練習生活，練習說出心裡的話。所謂成長是這樣的，無論身體或心理，我們必須走過荒漠與一座又一座山丘，經過峽谷，看過海洋，驀然回首才明白——
原來令人跌跌撞撞的，從來都不是一座城市，而是青春。

CHAPTER ONE

第一章

逃離城市的小日子

澳洲 Australia

布馬特瑞 Bomaderry

「Mika，我們已經愛死妳了！」

「我要寫信給上次那個來沙發衝浪的德國女孩，告訴她在這場比賽中被超越了。」

「等等，事實上我們還不真正認識 Mika，說不定她是個小婊子。」

「就算這樣，我願意跟她一起當婊子。」

布萊恩和他妹妹席琳兩人七嘴八舌的說著，我則在一旁笑得合不攏嘴，喝下玻璃杯裡的特調龍舌蘭。布萊恩是我這段時間裡唯一認識的一位土生土長的澳洲人，同時是我見過最幽默樂觀的傢伙之一。他住在距離雪梨（Sidney）三小時車程遠的布馬特瑞（Bomaderry），是一個沒有任何特別之處的鄉下，但我就是想去，我不在乎要怎麼把時間善用到最大值，不在乎人人說不去會後悔的景點或咖啡店，我一直相信想要了解一個地方最好的方法，就是去看看當地的人們如何生活，如何愛著彼此。

於是我買了一張八元的火車票，不料越往南方走，窗外的雨勢越是劇烈。還轉了一次車，才終於抵達布馬特瑞。布萊恩已經在月台等我了，臉上掛著溫暖微笑，給了我一個大大的擁抱，他自從離開火車站之後便再沒穿過鞋，暮色漸深。

「我們來到暴風中央了。」布萊恩說。他開了車門，是一台隨性到不可思議的中古轎車，駕駛座的窗戶壞了，離住處還有四十分鐘的車程，我們就這樣駛進黑暗的風雨中，路燈忽明忽滅，我有些害怕輪胎在濕滑的路上失去控制。

「有一段橋被河淹沒了，我擔心待會情況更嚴重的話，車子會開不過去。」

「沒關係，我們可以游過去。」我說，認真的說。

「先不講話了，我必須得專心開車，還要小心袋熊。」

我又緊張又想笑，袋熊可愛的模樣真的令我想留在澳洲跟他們一起住在叢林裡，但同時他們身體是又重又強壯的，他們可以長到兩呎這麼大，如果車子撞到是可能會變成廢鐵的。幸好後來一路輾過了倒滿地的樹枝，順利抵達位在小山坡上的木屋。

屋外一片漆黑，席琳熱情的迎接我們，並且告訴我今晚可以睡小屋後方最大的房間，房間像個精美的玻璃屋，有小盆栽和溫馨的雙人大床，想必陽光普照時一定很美，但此刻又濕又冷的氛圍令人心裡有點發慌。整個屋子是會讓人想賴著不走的鄉村風味，布萊恩說這是他們與父母一磚一瓦打造出來的家。反正今晚哪也去不了，我們開了幾瓶酒，窩在火爐前取暖。

「一年之內我大概會醉三次，今天是第二次！」席琳說。

我發誓我完全看不出來她醉了，在台灣大家醉了不是會東倒西歪，吐得亂七八糟嗎？此刻我只能說氣氛非常歡樂，我們三個人拿著酒杯跳舞，輪流點播自己收藏的愛歌。風雨沒有停歇的跡象，其中一個房間已經淹起了水，布萊恩走進去便跳起了踢踏舞，天花板也在漏水，有時候滴到發燙的炭爐上會發出滋滋滋的聲音。

「Mika，妳洗過澡了嗎？」布萊恩說。而我一頭霧水的同時，他站在屋頂漏水的下方，滑稽地抬著頭等待水滴落下。

「啊，接到了！」

「哇，可惡，浪費了一滴水。」

我哭笑不得的看著他逗趣的身影在屋子裡移來移去，希望能夠幸運被雨滴青睞。席琳是個在鄉村長大的女孩，二十五歲，有一個三歲的兒子。她那晚講了非常多的話，從下午七點到凌晨三點都沒有停過，有關於下雨天的吸血蟲、去雪梨度假的母親、媽媽們聚會和聖誕節的計畫。

「吉米這週住他爸那邊，所以我才能這樣開心大喝。」

「他是個聰明的小傢伙，我真的以他為榮。」看得出來席琳今天心情非常好，她也興奮地談到即將和閨蜜展開無計畫的五天自駕旅行，這是她人生第一趟真正的旅行，迫不及待現在就出發。我在火爐前滾著毯子覺得暖洋洋的，我沒有醉，但是已經很累很累。

「如果你們不介意的話，今晚我想睡在沙發上。」我說。

隔天我在兩人的談話聲裡醒來，身上蓋了好幾條毛毯窩在角落的沙發，捲曲的雙腿有些發麻。席琳說，妳醒啦？要不要吃點早餐？然後她站在開放式的木質廚房製作加辣椒的潛艇堡。從客廳的落地窗望出去，抬頭還看得見一些灰色雲層，但經過風雨交加的夜，天亮了像終於張開雙眼般，看見外面的景象，竟是綿延起伏的綠色丘陵，手工的遢鞦韆和一隻不停敲著窗戶，想到屋裡來撒嬌的看門狗。

我一邊吃著比臉還大的早餐，一邊想著自己何德何能這麼幸福。布萊恩說今天可以去衝浪，我笑著笑著，轉頭看見三隻袋鼠跳到木屋門口，對著裡頭望呀望。

「牠們平常不會跑到這麼近的地方，大概是為妳而來的唷。」席琳說。

雲縫間撒下暖暖的陽光，空氣裡有雨過天晴的清新，混著泥土和仍濕漉漉的葉子，這多半是離開了大城市才有的味道。

路上慢慢想

TRAVEL LIGHT_MIKA LIN

CHAPTER TWO

第二章

豔紅色的艾爾斯

澳洲 Australia

烏魯魯 Uluru

面對地表上超越文明想像的鬼斧神工時，我總有種害怕它會在某天因科技文明發展而瞬間化為漫天塵埃的錯覺。位於澳洲大陸的北領地，從雪梨起飛要三個小時才能抵達，相當於從台北到新加坡的距離。窗外的風景，由密密麻麻的樓房轉變為猶如天空之島般的雲朵，直到一望無際的紅土映入眼簾，是操場尚未鋪上PU跑道前的那種紅土，我大為興奮，此時此刻整片大地都是遊戲場。

和史塔森在門口會面，艾爾斯岩機場（Ayers Rock Airport）是兩座三角屋頂的小平房，這邊並沒有村落，滿滿都是造訪的旅客，他們提著行李箱與草帽，而我們兩人帶著睡袋、帳篷和糧食。跟著巴士在蜿蜒的小路上，經過一面偌大的招牌寫著「艾爾斯岩度假區」。漫步在這片遍布矮草枯樹的沙漠，驚嘆著此地建設齊全的觀光系統，公路、超市、高級旅館、餐廳、商店、網際網路等

一無所有的我們這樣走著，在炙熱的陽光下曬得難以呼吸，伸直了手臂比出大拇指，人生第一次搭便車，當然沒有那麼順利，不清楚時光又消逝了多久，指針的走向在這時並不太重要，無數的車輛經過，無數次的失敗，終於有台黑色吉普車緩緩靠近，拉下窗，是三個來自助旅行的的上海人。

「妳台灣的呀？太好啦！那就講中文吧！妳們要去哪啊？」

「想靠近艾爾斯岩，看夕陽。」

「行唄！上車唄！」一頭捲髮的上海大姐揮著手表示願意載我們一程。

跳上陌生人的吉普車，往二十公里外的國家公園移動。我睜亮了雙眼眨呀眨，看向四周與車內的人們，永遠相信美好的事情即將發生，幸好高舉的手臂沒有悲觀、沒有垂頭喪氣，才得以獲得現在快速前進的幸運。

「這邊下車就可以了。」

在國家公園的入口，向好心的上海人說了三次謝謝，祝你們有美好的一天。轉身發現置身於滿地紅土與乾枯枝椏的荒漠中央。穿過公路，艾爾斯岩聳立在不遠處，陽光從我們身後灑過，造成眼前巨大的岩石呈燃燒般的鮮豔紅色。

拿出背包裡的蘋果，跨過一叢一叢的風滾草，它的根部呈現死去般的灰色，四下無人的荒野裡出現一對老夫妻，他們也在等待陽光領著岩壁的變化。

「把掌心對向夕陽，太陽離地平線還有幾根手指遠，代表它還有多久下山。」

兩根，代表二十分鐘，年邁的夫妻看起來神清氣爽，與我們一起站在面對艾爾斯岩的空地。他們來自斯里蘭卡（Sri Lanka），已經來澳洲三十二年了，退休之後開著車，花了五天時間從居住的墨爾本（Melbourne）來到烏魯魯（Uluru），沿路搭帳棚過夜，他們說：想以最簡單的方式旅行。接下來還要環繞整個東澳、南澳。我告訴他們我的下一站就是墨爾本，滿臉慈祥的老太太對我說：

「孩子，妳會喜歡那裡的，真可惜我們要一路旅行到十一月才回家。」

「上車吧，讓我們送妳們回去住宿區。」

她的墨鏡映出我的臉，以及由粉紅色轉為紫色然後漸黑的天。路上有許多植物，荒涼而堅韌，我不禁想像種子們從遙遠的各地隨風而來，在乾燥而惡劣的環境下，用盡力氣吸收空氣中的水分，與偶爾下降的一場雨，經過世紀的淘汰演化終於成長茁壯，不茂密也不親暱，保持適當的距離，沈默地站成彼此在茫茫沙地中的守望。

入夜的沙漠氣候，溫度如溜滑梯般在不注意時瞬降而下。滿天銀銀的星光，被黃色路燈搶去了幾絲風采，以及飯店裝飾與照明用的光源，令我不再忍心抬頭望向天空。凌晨時分，我在帳篷裡冷得發慌，彷彿身體已被寒意的針穿透，彷彿被殭屍困在木屋裡的逃生者，咬著下唇只求黎明快來。

Air &
Water

天還沒亮，我們搭上遊園巴士前去等待日出，發著抖走在規劃好的步道與觀賞平台，一切都井然有序，白晝照亮天幕後，沒有任何行程規劃的我們，擁有完美的緩慢步調可以探索這片土地，走進艾爾斯岩旁用茅草蓋成的「文化中心」，裡面播放著原住民將一切歷史經歷緩緩道來的影片，從白人的掠奪、失去、協商，到攜手合作，最後以闔家歡樂，皆大歡喜做為結局。我問史塔森：「你覺得影片是真的嗎？原住民真的對現況表示滿意嗎？」「不知道。」史塔森直視著前方說：「至少還能活著，還有衣服和香菸。」我思考著，歷史是贏家寫出來的，而大時代下的真實是什麼呢？也許一個人相信什麼，就是屬於他的真實。

如果說廬山橫看成嶺側成峰，艾爾斯岩則是在你的每一個步伐間以鬼斧神工的姿態千變萬化。循著環石步道走了十五公里，注視著風化千年的大岩石，我看見好似人類大腦的形狀、還有肺部、大象、正要吞下一艘船的鯨魚、野人山洞、青蛙、蜥蜴、怒視的眼睛，直到靴子也沾滿暗紅色的沙土，與大地融為同一色系。

隔天午後的班機，穿著涼鞋，拖著走路時被靴子磨傷的腳。在機場等待的時間，試著想找有沒有介紹原住民文化的文宣，好拿一張做紀念，結果只有旅行團的廣告單。也許烏魯魯是個華麗的度假勝地，而非一場原始的追尋。我向史塔森道別，頭也不回的轉身走向登機門，往城市方向飛去，看著窗外的風景由一望無際的紅土轉變為猶如天空之島般的雲朵，心裡仍迴盪著艾爾斯岩譜出的紅色樂章。

CHAPTER THREE

第三章

你相信緣分嗎

「妳相信緣分嗎？我已經七年沒有出過國，卻在墨爾本遇見妳……其實今天是我在澳洲倒數的日子，在旅行中太多的精彩與意外，短暫二十八天中，我每天都思考自己到底想要什麼，剛好遇見的每一個人，包括妳，都教上我一課。會自己出去旅行的人，通常都很有主見，不會人云亦云，也因為這樣我更知道自己的目標。我已經準備好回家了。希望未來我們都能有所成長，期待在世界的角落再度相逢。」——羅尼

我將這張明信片重讀了好幾遍，每一次都忍不住皺著眉頭掉眼淚。說再見不難，難的是翻湧的回憶在事過境遷後仍無法平息。

澳洲 Australia

墨爾本 Melbourne

「墨爾本就是電影裡的夢幻泡泡。」羅尼說。

「剛剛看妳拿著那張中文介紹看這麼久，還以為妳不會說英文。」

「我只是想牢記免費早餐的供應時間。」我說，這很重要，早上七點到十點。

抵達墨爾本的第一天，我正在旅館前檯仔細閱讀房間使用規範，羅尼站在我右邊，手裡拿著剛從櫃台領出來的信件，看起來對周圍的一切瞭如指掌，如果他說他是這間旅館的工作人員，我也絕對不會懷疑。羅尼告訴我星期三有冬季夜市，我毫不猶

豫地請他帶我去，於是約好了六點半在大廳集合。

冬季夜市讓我開心得像個孩子，邊走邊跳，逛了整圈才決定要買什麼來吃，每一攤的食物都是各種異國料理，從南洋風情到歐洲佳餚應有盡有。人們在廣場唱歌跳舞，這才叫人生吧，我不禁懷疑，張開嘴隨便在空氣中咬一口，都是裹著自由的棉花糖。

羅尼幾週前隻身來到墨爾本，看似熟練老道，仍不免在言語中透露出一絲不確定的擔憂，他擁有驚人的觀察力，讓我總是不想承認，卻又無法否認。

「妳希望不要有人管妳，放妳自由飛，但也渴望累了回頭時，能看見有人一直都在等妳回家。」

「妳要的只是一個依靠的感覺。」

我們踏在木板拼成的階梯上，沿著海岸線往南方走，從市區搭著火車來到沒有人的小站，四周的風景從高樓變成平房、再變成海洋。

「幹嘛突然講這個？」

「妳自己說是不是嘛？」

懶得理他，只記得那天海風吹過寧靜的小鎮，我們用意興闌珊的步伐踏過一個個街口。我想他是個天生的觀察家，整路上都像在玩心理測驗，我以為自己遇見了算命仙，忍不住眼神閃爍，深怕一不小心又洩漏了只有自己默默明白的缺口與殘破。我們都渴望被了解，卻又難以接受被看透的那種赤裸感。

當地人說在傍晚時，南方的小企鵝會從礁岩裡探出頭來，我們走進超市，應該要拿兩手啤酒，最後選了拿鐵與巧克力牛奶。

「我真想在一間鄉下的小店工作，賣些沒什麼特別用途的東西，沒事就跟客人聊上一整天，高興就開到半夜，累了就休店出去旅行，有點錢花就夠了，也不用太在乎生意好不好，但是每天都很快樂。」羅尼說。

「我說，欸，你如果在這找不到歸屬感，就回家或換個地方去啊。」

「不要盲目的跟隨，然後自己都不知道自己在幹嘛。」我想起了羅尼提到他在這一個月換了四、五個工作，如鴻毛般飄飄盪盪，說不清為何而來，又為何而留。這倒

無所謂，但如果出國打工度假只是一場沒有理由的隨波逐流，恐怕會失去自我追尋的意義吧。我只是這樣想著，有如自言自語般地碎碎念。

我們大約問了十個路人，哪裡可以找到企鵝？每個人的回答都很一致，前方那個石港直直走到底，他們強調，現在還太早了，記得等太陽下山。海邊的風很大，但至少沒有下雨，據說這是墨爾本最令人沮喪的事，天空容易心情不好。我穿著大衣，仍然感到冷，因為強風會帶走皮膚表面的溫度，說也奇怪，即使你全身上下鮮少有肌膚直接與外部空氣接觸，它還是可以將你僅有的一點暖意給狠狠颳走。隨著太陽漸漸西沈，慕名來尋找小企鵝的人們越來越多，我思索著企鵝到底會從哪裡出現，畢竟在想像世界裡，他們只存在於冰天雪地的白色之中。

突然一陣騷動，轉身看見夕陽猶如紅色墨水被不小心打翻，染了滿天的焰。眾人們紛紛驚呼著、幸福地笑著，拿起手中的鏡頭，彷彿放射狀的暖色系也可以為寒冬帶來暖意。

天幕微深，一隻小企鵝按照約定從礁石縫中走出來，伸伸懶腰，轉轉脖子，像初生的嬰兒般好奇地左看右看，看著一張張人類們喜悅的臉龐，一台台朝著牠按的快門。不曉得牠心裡在想什麼呢？我真想給牠一個擁抱，告訴牠我有多開心看見牠在野外保護區自由地生活著。我已經心滿意足，又幾乎因此而激動到有些緊張，每當有人不小心開了相機的閃光燈，就心頭一揪，害怕嬌弱的小企鵝因此受到驚嚇，或是被閃光照久了就會褪色……

終於我的企鵝世界裡不再只是黑與白，還有晚霞，還有港灣與小帆船。在墨爾本與羅尼分別後，並不曾過問他的去向。幾個月後我收到羅尼寄來的明信片，告訴我他結束了二十八天的旅行。我重讀了好幾遍，每一次都忍不住皺著眉頭掉淚，眼淚是因為感激，明白自己曾經過誰的生命並且美麗著；明白緣分是一條若有似無的繩索，知道遠方的朋友找到了方向，並且已邁步踏上路途，眼淚是因為替他高興。說再見不難，難的是翻湧的回憶在事過境遷後仍歷歷在目，令人又快樂又寂寞。

CHAPTER FOUR

第四章

無題

踏在墨爾本機場的地毯上，沒有任何準備與計畫，只是訂了三個晚上的旅館，在南方的街道呼吸著八月的冷空氣，即使在偌大的車站迷路了很久，向很多人問過路，但我不心急，我不在乎，不在乎現在幾點鐘，也不在乎走下樓梯後會不會抵達正確的月台。聽說墨爾本兼容並蓄，人文薈萃，適合居住，但是天氣不好，太常下雨，天空總如我來時那天一樣是灰色。穿過知名的咖啡街，直到終於抵達位於市中心的背包客棧，天色已經黑了。

這是一間不尋常的青年旅館，空間特別寬廣，有三、四個樓層，牆上貼滿觀光行程的宣傳單，房間是一片死白與鐵架的床，一切程序都井然有序到幾乎失去靈魂。這是一間不尋常的青年旅館，隔天認識的加拿大女生也這樣說：「你甚至可以看到七、八十歲的老人家住在這。」

在六樓有我見過最大的交誼廳，牆後的廚房在用餐時間總非常熱鬧，那兒大約有二十個爐子供應背包客們煮食物。星期五晚上我無聊到發慌，那個加拿大女生在電腦區使用網路搜尋附近的派對，似乎沒有下文。我走回房間躺在白色床單上，思緒已經停滯，從雪梨離開時只帶了一只背包，還把日月潭原住民繡花圖樣的圍巾遺落在機場，剩下軍綠色大衣和身上那件灰色帽T勉強保暖，在角落的靴子還沾著烏魯

澳洲 Australia

墨爾本 Melbourne

魯的紅土，靜靜地呆滯在低溫裡。

最後我決定到頂樓，即使今夜不可能有星星。這間在市中心的樓房，並不及周圍的建築物高聳，呈現一個凹字，站在這樣的屋頂上什麼也看不到，又濕又冷，只看見右手邊點著燈的棚底，有人在玩紙牌。

「嘿，可以加入你們吧？」

「當然，快點坐下。」他們說。

獨自主動向「一大群」陌生人們開口示好，事實上不太像我平常的作風，但狗急會跳牆，人孤單到一個境界，便不知臉皮薄為何物。就像在荒原裡，不積極狩獵的人只有餓肚子的份；身為異地的異鄉人呀，明白今夜不主動找人說說話，就會孤單寂寞冷到死。

又白又胖的英國人肯尼接下主持棒的角色，將大家一一介紹一遍。「這是來自法國的查理和庫克、她是紐西蘭的茱兒、德國來的卡奇拉和強尼、來自智利的羅沙……」

所有人都很友善的歡迎我的加入，查理將另一隻耳機塞給我，爵士又帶點迷幻的歌詞不停重複唱著「I need a dollar, dollar......」。新手的好運讓我贏了第一輪紙牌遊戲，茱兒看起來像第二主持人，對最輸的兩個人說：

「你們現在輸掉了自尊，請大家稱呼他們為混蛋一號，混蛋二號。」

我喝完了手中的熱茶，有人捲起了一支菸，這裡的人都捲菸，比較便宜，因為超市裡的香菸一包要將近三百台幣。羅沙從口袋拿出小盒子，一樣用半透明的紙將乾燥菸草包圍，大夥們輪流抽著那支特別大的捲菸，傳到我手中時我也吸了兩口，嚐起來乾乾的，沒有想像中尼古丁濃烈的味道。

「這是什麼？」我說。

「大麻。」

「妳沒有抽過嗎？」我搖搖頭。

「天啊，Mika，放下它。」

「Mika，抽一口就好，別告訴我妳已經抽了兩口。」

真該看看大夥們慌張的樣子，我是個二十二歲的成年人，此時此地活像個沒見過世面的國中生，而另一個同年齡的西班牙女生整整比我高二十公分，我的髮型使我看起來加倍像個孩子。就這樣我被褫奪繼續吸菸的權利，約半個小時後他們說我的每個動作都像在慢速播放，才沒有哩，我知道自己好得很。

茉兒說附近有免費飲酒活動，邀請我一起去，並且不需要特別打扮，心想太好了，畢竟我擁有的一切就是軍綠色大衣和身上那件灰色帽T。說來太奇怪了，我以為應該是酒吧辦的淑女之夜，結果茉兒帶著我們來到一間閃著霓虹燈的旅行社，填完問卷就可以獲得一個杯子，現場可以暢飲廉價的酒精飲料。我將單子填完了，手機號碼、居住地址，全是一些兩個禮拜後便再也聯絡不上我的聯絡資料。所有人都站著，拿著杯子恣意從店內聊到人行道上，經過的人們都用異樣的眼神看我們，也是，大約三十個人把旅行社門口當成社交與派對場所，怎麼想都不太合理。

只需要三分鐘便可以走回旅館，我和卡奇拉回到查理與庫克的房間，有一個很大的窗戶，他們用紅色的長足球襪將天花板上的煙霧探測器蓋住，然後點燃了一枝線香。查理用藍芽喇叭播放音樂，結果被鄰居檢舉，原來已經在不知不覺中來到連銅板掉到地上都會震天價響的深夜。

「妳想到樓下呼吸一些新鮮空氣嗎？」強尼說。

於是我們坐在街道旁，風不再那麼冷冽刺骨，聞到春天就在轉角不遠處的氣味，天快亮了吧，有個男子快步跑過我們面前，警察追上來將他攔住，他開始大吼大叫。大概是說：「我又沒做壞事。」警察說：「那你幹嘛跑。」這類的無限循環。

「他絕對是法國人。」我認得那熟悉的口音，彷彿將嘴唇持成圓形，從字眼之間發出嗡嗡嗡的聲音，用胸腔在講話。直到街口再次恢復平靜，沒有人繼續追問剛剛發生的事。

「我早上的飛機，要回德國了。」

「明天就要走了？」

「對啊，在澳洲這一年很快就過去了。」

「睽違一年終於回家，肯定很興奮吧？」

「感覺好不真實。」

「回家是件奇妙的事情，似乎什麼都一如往常，看著都是原來的樣子，你會發現唯一改變的是自己。」

「不管怎樣，真希望我們能夠早點遇見。」

「一定會在某個地方再見面的。」

他笑得瞇起了眼，我想有一天我會忘了車站的名稱、忘了教堂的富麗堂皇與著名的咖啡街，所有風景都將淡去，只有人物和故事歷久彌新，即使那交會的時光只是生命裡的千分之一。十八歲剛開啟 Gap year 的西班牙女生；個性直爽風趣的越南人；吸太多大麻的法國男子；不可思議的台灣姐姐；熱情的韓國姊弟；溫柔敦厚的德國情侶；瘋狂的紐西蘭大媽；長得像福爾摩斯的智利人；還有表情總是很開心的強尼……每個人都是一本承載著故事的書，我們翻閱彼此，發現新的觀點與態度，傾聽以前自己沒有注意到的事物。

隔天早上我錯過了早餐時間，但還來得及和強尼說再見。他坐在大廳，望著前方，手肘放在桌子上，十指輕輕交扣，掌心呈現三角形，這是等待的姿勢，看得出來他在等著誰出現。我戴著眼鏡模樣有些狼狽，其實一覺醒來時有點擔心他已經走了，大廳見不到其他昨晚一起狂歡的人，可能還在睡，或者出門了。也許就像那個……忘了是誰說的，住在背包客棧總是新奇有趣，但人們來來去去，很難在這找到家的感覺。畢竟新鮮感就是和穩定相反的兩個詞吧，魚與熊掌不可兼得。

我也在夕陽時分離開，坐上前往機場的雙層巴士，陽光從雲朵間走出來敲敲窗，提醒我向往後退去的風景道別。墨爾本的美並不如雪梨耀眼，卻溫柔得如詩如畫，來來去去的旅人將這座城市築成一場夢，路面電車在現代與古典之間縱橫交錯，電線桿與海鷗一路相送，疲倦感將純粹的自由與瘋狂溫柔包裹著，悄悄向一幕幕亞拉河面的倒影說聲再見。

CHAPTER FIVE

第五章

與世無爭之地

澳洲 Australia

雪梨 Sydney

不知不覺來到雪梨快一個禮拜了。我在海德公園的草地上享受了整個下午的時光。踏上這片土地並沒有特別的目的，當你懷抱著滿滿的好奇心，明白世界有多麼大，重要的只是出發，去哪都有意想不到的驚喜。在人群慵懶的腳步聲裡；在孩子可以溜滑板的大街小巷；在沙灘的星期日；在不慌不忙的商店；在港口調戲海鷗的時候。夕陽落在歌劇院將貝殼染成黃昏的色澤，街頭藝人用音樂完整了天空的浪漫；與世無爭的小島，望眼欲穿想知道小丑魚尼莫是不是也在這片太平洋裡。

「妳很久沒躺著看過藍天白雲了吧。」

我打視訊電話給琳達，在埃及西奈的時候也打給她過，告訴她如果我死了，記得要把我的骨灰灑在紅海裡。電話響了幾聲，沒想到千里那頭的她也躺著，不過是躺在床上，懶洋洋的剛睡醒。

「妳看！」

我將鏡頭轉向外，陽光照在右邊臉頰，移動了好幾次才找到最舒服的方位，能感受到金色的溫度浮浮的貼在皮膚表面，像一層透明棉被。

「不過就是天空啊。」她一貫的語氣。

「這是南半球的天空！」一見到她真好，但是這麼肉麻的話，我可說不出口。一開始還在想，都快要接近日落的時間了竟然還在睡，突然發現是時差啊，才兩個小時，我卻總有活在未來的感覺。

不過就是天空啊，她說的沒錯，天空都是一樣的。只是太多人忙著生存，忘了生活；忙著低頭滑手機，忘了抬頭欣賞大自然的美麗；忙著計較銀兩，忘了用心去感受萬物的靈魂；忙著跟時間拼命跑，卻忘了自己到底在追求什麼。

肯特傳訊息告訴我今天的登山計劃取消了。我從草地上站起來，拍拍屁股，全身都是草，褲子上還有泥巴，披上圍巾，因為太陽接近收工時間便開始偷懶。走進大廈的影子，我不太清楚自己在哪裡。突然有人對我說話：「Excurse me……」

我太專注在自己的思考裡，完全沒有聽到他在講什麼，直覺他在問路吧，我肯定是不知道的。便告訴他：「抱歉，我不是當地人。」幾乎是開口的同時看見他背著背包，一臉迷茫地向我道謝，然後穿過路口。遲疑了一秒鐘，就一秒，我快步走到他身後：「抱歉，我剛剛沒聽清楚，你在找什麼？」這下他吱吱嗚嗚也說不明白了，我問他是不是韓國人?他說他是日本人。

「你在旅行嗎?」

「我在這裡讀書。」

「你現在沒事做嗎?」

「對啊,我在閒晃。」

「想一起走走嗎?」

「當然好。」

有人可能覺得莫名其妙,但旅行中最迷人的就是各種不可預期的相遇。

日本男孩名叫里多,十九歲,不會講英文但隻身前來澳洲讀語言學校。「我在最低階的課堂,從ABC開始學。英文好難啊!」他一邊講話一邊比手畫腳,每當想講什麼卻講不出來,他就伸出手,猙獰地握著空氣。看到這麼生動有趣的表情,我總是從肺部發出笑聲。

轉過街角喝了兩杯咖啡,離開前我向店員詢問如何回到我住的地方:「嗨,請問一下要怎麼到派蒙街（Paime Street）？」

店員挑了挑眉，一臉疑惑的看著我說：「從廣場對面搭巴士可以到。妳去那幹嘛？」我說，我住那裡呀。她笑了：「而妳卻不知道怎麼回去！」接著拿出紙筆，仔細地替我畫了路線圖，寫上公車車號與時間。Cheers！我和里多都發現，澳洲人平時表情冷酷，但一開口講話就滿臉笑容，看起來不友善，實際上很親切。

日落時分的天空是紫羅蘭，海面有橘色彩霞，這兩個顏色是怎麼同時出現，怎麼交錯在一起呢？只見街燈亮起，玻璃大樓的鏡面將路口的熙來攘往浮上半空中，世界各地的臉孔穿梭在街頭，平凡自在的與彼此相處著，好像沒有人在乎你從哪裡來，彷彿一切偏見與爭執，都已融化在那街頭樂團搖滾著的獨特嗓音裡，我想我就是在這樣的傍晚愛上雪梨。

CHAPTER SIX

第六章

曼利海灘

澳洲 Australia

雪梨 Sydney

"I don't think all writers are sad, she said. I think it's the other way around- all sad people write." —— Lang Leav

那年夏天我瘋狂迷戀著 Lang Leav 的詩，沈溺於浪漫又憂鬱的少女情懷裡。獨自飛到南半球，穿著涼鞋在七月的陽光裡冷到發抖，也不過是一時的巧合罷了，只是從那之後我的時間軸就被打亂了，曾經，即使至今我總喜歡用「兩年前的冬天」或「十八歲夏天」這類的詞彙，喜歡這樣的時光背景可以劃出範圍輪廓，卻又不被過於精準侷限。這下可好了，親身體會前沒注意到，所謂春夏秋冬，在南北半球可是截然相反的季節呢，不過這問題倒沒有困擾我太久，畢竟我也不是很在乎人們會在想像裡把我說的夏季，放入一年中的哪個月份。

旅居雪梨的幾個月，除了總覺得外套太過厚重之外，大致上輕鬆愉快。室友是廚師、足球員、賭場小哥以及熱愛粉紅色的少女。每天早晨將牛奶倒進最小的鍋子裡，加熱同時要不斷攪拌，即使如此，我煮的奶茶仍是世界最難喝。這座城市對我而言，好相處、友善、有秩序又無聊。但雪梨是美好的，即使是冬季仍常態性的陽光普照，我幾乎每天都走路去皇家植物園，找一片適當的草地躺下，有時寫寫字，有時看書，或就這樣看著海鷗與樹，過了整個下午。

第一次見到丹尼，是在雪梨東北方的曼利海灘（Manly Beach），人潮熱絡的星期日，雖然氣溫不高，但沐在晴朗的日光下仍是暖暖和和，淹過腳踝的海水冰涼而不刺骨，沿著沙岸的時間彷彿也變得漫長。他說，曾經徹夜摸黑翻爬一座火山，目睹了此生無憾的日出。他是在雪梨長大的華裔，笑的時候會露出整排的皓齒，總是一臉冷靜，講笑話的表情和講正經事時一樣。後來我仍遇過幾個像他的人，好像所有居住在英語系國家的華裔都有著同樣的眉目。我們繞到礁石的另一端，礁石的另一端，是一片寧靜而湛深的藍。

丹尼住在離海不遠的咖啡廳右轉後，山坡上第五間房子裡，離開市區後層層疊疊的高樓也漸漸由院子與斜屋頂的木房取代，三層樓的寬敞大屋，住了四、五個因作息不同而鮮少會面的年輕室友，而我，我是個短暫借宿在客廳充氣床墊上的過客。從鄉下回城後，原本的租屋處已退租，他收留了我這隻一週後就要離開的無殼蝸牛。他升起壁爐的火，替我倒了一杯甜白酒，為了多留些溫度而捨棄沙發，坐在可收納的帳篷椅上，靠近火紅的壁爐，聊著宇宙萬物論，聊人生聊旅行，一直聊到深夜做為一天的收尾。

他告訴我，仍想到處走走，但已經不「需要」旅行了。如果非要將遠方賦予意義，也許就是理解吧，以打開心房的態度面對世界，就像他，在衣食無缺的澳洲長大，多年前初次造訪越南的經驗使他永生難忘，並且想起了、明白了原來在自己的生活中，有這麼多被視而不見的幸福，和那些以為是理所當然的幸運。至於我呢，與其說流浪，不如說我是個在世界各地都可以好好生活的人，或是一隻隨遇而安的變色龍，習慣按照自己的腳步來來去去。

我已經把分離這件事看得雲淡風輕，看似瀟灑翩翩，卻仍會在一個人的時候皺起眉頭，忍不住傷心，忍不住期望能在陌生的城市裡遇見熟悉的臉孔。有時候想家，有時候想，家在哪。

「去海邊吧。」我說。

「妳要在低溫十度的夜晚脫掉鞋子踩水嗎？」

「當然啊，你也一起來。」

「我還沒瘋。」

「意思是我瘋了？人們到底用什麼界線去分辨正常與不正常？」

「這個問題我已經想很久了！」

「有些人說躺在草地上的人瘋了，有人覺得躲在屋裡不曬太陽的人才是瘋子，汲汲營營從沒抬頭欣賞過天空的人才是瘋子。其實都不重要，活得開心就好。」

「活得開心就好。」

我們開了五分鐘的車抵達曼利海灘。夜裡沒有白天的人潮，海鷗在沙灘上懶洋洋的散步。

「走吧。」他說。

「去哪？」

「踩水啊！」

該怎麼形容此刻浸泡雙腳的冰冷？讓人想到銀色的月光，深冬裡不小心伸手碰到的金屬……浪潮洶湧襲來，像鼓著腮幫子的河豚般撲上一大片沙岸。

「哇啊！我們的鞋子！」

我們往回拼命奔跑，無人的海灘上已不見那四隻鞋的蹤影。

「妳這個瘋子！」
「你才是瘋子！」

我們在被街燈照映成深黃色的海灘上尖叫、奔跑、嘻笑，赤著腳任由沙子黏滿身體。這一刻我明白了我想要的是什麼：自由，即使純粹的自由與快樂是困難的，要解脫於他人的期望與枷鎖，不再害怕失去，軀體，與名利。

然而時間並不重要，某些特定的時刻會永遠繼續。即使走到生命的最後一刻，它們也不會結束，那些時刻會一直依然存在，倒帶、播放，直至永恆。它們就是一切，它們無處不在。社會要我們找一份工作安定下來，要我們學會假笑的同時忘去曾是個孩子的那分純真。而我只想好好寫字，認真去愛，在心裡一個柔軟的地方成為真正的自己，以及毫無保留的，隨著音樂放肆跳舞。即使看起來很蠢也無所謂，即使會痛苦或悲傷也無所謂，只要用盡全力的感受每個當下，就可以沒有悔憾。

離開的那天背包上躺著兩本 Lang Leav 的書，曾在談話中提起我遍尋不著的原文詩集，是來自丹尼的禮物。我帶著它們繼續上路，偶爾翻開時，還能感受到冬季雪梨海岸的冰涼。

Australia

CAPITOL

CHAPTER SEVEN

第七章

父親觀察日記

越南 Vietnam

胡志明市 Hochiminh City

十四個小時的飛行，像船舵沈沈拖著時針笨重地前進，努力讓自己睡著了，又醒來，時間一點也沒有轉瞬即逝。

越往東，天色就越暗，從黎明到此刻，機窗外，由雲朵堆積成的夜灰色。想起父親已經安排好接下來三天的行程，想起他在電話那頭仍舊急躁但難掩興奮的口語，絲毫沒有抱怨我突如其來的短暫造訪。胡志明市（Hochiminh City），與高雄的直線距離一千九百六十八公里，父親離鄉工作，一別恍如隔世，那個記憶裡爬在他肩膀上撒嬌的小不點，如今一個人結束了長途旅行，在從杜拜（Dubai）轉機回家的路上。十年來，第一次降落在越南，新山一國際機場（Tan Son Nhat International Airport），胡志明市，這個父親獨居了十年的陌生城市。機翼不安地晃動，彷彿在距離地面不遠處搖搖欲墜，我不停地想啊想啊，歲月裡一方一方難以忽視的空白格，我不停地想啊想啊，到底我們在彼此的生命裡，錯過了什麼？

「我在六號柱等妳。」手機收到父親三、四通未接來電與訊息。

「知道了。」

經過例行的入境檢查，終於把兩個背包放上推車，玻璃門一開便是一陣令人融化的熱氣。六號柱……六號柱，父親穿著涼鞋，我加快腳步奔向他，擁抱，想表示親暱，實際上卻並不熟悉彼此的那種擁抱。

父親的身形小小的，有著啤酒肚，不知道從什麼時候開始，歲月的痕跡已布滿他臉頰，像細水長流侵蝕著的岩壁，深深淺淺地刻著那些年華。並沒有問太多關於我這一路上的事，在計程車後座父親摟過我的肩，說著明天要去參觀越戰時期的古芝地道（Cu Chi Tunnel），早上八點出發；說著我們住的這一區，離機場很近；說著哎呀，妳還沒吃飯，等等在附近隨便吃吃吧，明天再帶妳去吃龍蝦大餐。

「龍蝦大餐！」

我眼睛都亮了，在剛 Check In 的旅館裡手舞足道。父親問，我在其他國家旅行時，吃海鮮貴不貴？我說不知道，一個人在外，很少會去餐廳，大部分簡簡單單的啃個 Kebab、三明治便解決了。

「嘿嘿嘿，對！明天龍蝦大餐！」

他看我開心，便笑瞇了雙眼，跟爸爸在一起真好，在爸爸身邊就是可以當個小公主。

那間旅館裝潢老舊，但價格便宜，房間寬敞，還有大大的雙人床，最重要的是距離父親的辦公室只有步行兩分鐘的距離。

「本來想說妳可以睡我那，但我打呼很大聲。」父親說，所以決定還是分房比較好。講話的同時他開始數錢，我注意到他習慣性皺眉，一張張越幣鈔票，從一千起跳到十萬、五十萬、一百萬……實在太多個零看得我頭昏眼花。「這些妳放包包裡吧。」父親遞給我一疊鈔票讓我瞬間成為百萬富翁。他一直是個大方的人，母親總說：「妳老爸要是有錢的話，天上的星星都買給妳。」

稍稍安頓好之後，我們下樓到附近吃河粉，他交代我別在路上滑手機，小心被搶。

「哇，天氣好熱，我去買涼水。」結果他卻買了一盒紫色的冰淇淋回來。

「涼水已經賣完啦。」父親坐回板凳上，二話不說大口大口挖著冰往嘴裡送。

「但冰淇淋並不止渴啊。」我愣著。

「哎呀，管他的，冰冰涼涼的就好。」他開始思考著我旅館的房間裡是否有冰箱。「待會沒吃完的就放回冷凍庫裡。」結果整盒紫色，可能是芋頭口味的冰淇淋，在我吃完河粉的同時也已被父親清空，乾乾淨淨一點也不剩。

他要我去隔壁超市買我需要的東西，逛了逛，買了一串芭蕉。

「就這樣？妳多買一點餅乾水果放房間裡餓了吃啊。」

「牛奶呢？要不要牛奶？要麵包嗎？」

「只待三天耶，買多了吃不完。」我說。

父親送我回到房間後便離開了，再次提醒我：明天早上八點，明天有龍蝦大餐。他走回公司樓上，他一個人住著的房間。父親總穿著皮製涼鞋，有厚厚的底，我們站著的時候可以直視對方的雙眼；他精神飽滿，走路筆直，牙齒因長期抽煙而發黃，不知道他有沒有染髮，但稀疏的頭髮仍是黑溜溜的。認識的叔叔阿姨們都說，他天性樂觀沒有煩惱，所以三十年如一日，看起來一點都沒有老去，我天真聽信他們的話，還以為父親真的不會老。

躺在床上，在胡志明的第一個晚上，我思考著，父親這些日子，到底過得怎麼樣呢？他快樂嗎？心中有著遺憾與憂愁嗎？我忍不住去想，卻又不敢多想，深怕一不小心就要掉眼淚。

我是睡不著的，身體已經躺在燒燙的亞熱帶，腦與神經系統還滯留在八月底歐洲微涼的清晨，當有人對我輕巧的來來去去直嘆羨慕與不可思議，我卻渴望一個船舵溫柔勇敢的綑綁，給予雙腳著地的力量。總之，我是睡不著的，這間老舊的旅館裡，沒人可以談話，我也不太敢東張西望。

典型的胡志明市夏日，像身上披了一塊又濕又熱的抹布，路上水洩不通的機車數量遠遠超過我的想像，擁擠的交通裡，一車又一車大巴士滿載西方臉孔背包客，遠看像一台一台電視機，隔絕著裡外世界。我們也搭上了觀光巴士，導遊用流利的英文解說越南歷史，父親一點興趣也沒有，他坐在這裡只是為了帶第一次落地胡志明的我看看觀光客都會走的路線。

古芝地道是越戰遺跡，當年越南人利用又窄又小的地下隧道成功擊退身材高大的美軍，現在這裡成了旅客絡繹不絕的觀光勝地。黝黑又瘦小的導遊，在地道與洞穴之間靈巧穿梭，尾後跟著整團陌生人，園區裡其中一個像水溝蓋般的地洞，遊客們可以下去體驗拍照，蓋上水泥蓋，再鋪一點樹葉，可說是與環境融入得毫無破綻，伸出一支槍口，敵軍恐怕怎麼死的都不知道。我也在父親的鼓舞下鑽了進去，黑暗、幽閉的狹小空間，連我的肩膀都有點太寬。陰天下的竹林又綠又灰，在微風吹拂的葉片之間彷彿還聞得到槍林戰雨的血腥。我心不在焉，整趟古芝地道巡禮，都在觀察我的父親：異鄉十年，他仍講著流利又道地的台語，必要時在胡志明街頭夾雜幾個破碎的越南文單字。父親每到一個定點便坐在一旁，原來快要七十歲的他膝蓋不好，鼻子也不好，我看著眼前這位理當是世界上與我最親近的男人，才發現在我心裡他與這座城市是一樣的，陌生。

要趕回城裡吃龍蝦大餐，交通卻不怎麼給面子。坐在偌大的巴士裡搖晃，傍晚時分堵車嚴重，窗外的景色從水稻田旁奔跑的孩子轉換成動彈不得的車陣與空污。巴士是時光盒子，我總這樣想，一個人搭車是與自己獨處的時間，兩個人一起搭車，則是在繁忙的生活中獨立於世外的片刻，也許只有這個時候我們可以好好講話，也許只有這個時候，沒有手邊的其他事情可以作為迴避，平時開不了口的話題也可以像河流般理所當然的順勢而下。

「你會想念台灣嗎？」其實想問的是，想家嗎？我的言語仍然迂迴。

「想啊，想念台灣的食物。」

我也是呢，旅行時最想念台灣的食物，又何況是在台灣土生土長生活了五、六十年的父親呢。

「蚵仔麵線，臭豆腐，滷肉飯，我最喜歡吃滷肉飯。」

他細數著台灣小吃，那是我第一次觸碰到父親的鄉愁。

「不想回台灣嗎？」（不想回家嗎？）我問。

「在這賺錢啊，回去能幹嘛呢？」

「我養你啊。」我說。「你回來吃我的用我的。」

嘖嘖，父親發出的聲音好似嘆息，又好似不把我的話當一回事。

「還能吃幾年呢。」他說，而這並不是一個問句。

「人生啊……」父親欲言又止。我望著他，他望向窗外，沈默片刻竟像停滯的永恆般漫長，彷彿那語句卡在很深很深的內臟之間，動了動喉結，幽幽的說：

「快過去了。」

那一瞬間，有什麼東西被敲碎了，我看見父親的身體在眼前化成沙，散落滿地，我恐懼地伸手去抓卻怎麼也湊不回完整的原貌，就像無論如何拼命奔跑也追不上時間的流逝，頻頻回頭也只能徒然望著那些錯過束手無策。窗外無風也無雨，只有我的心底悄悄破了一個洞，滿地的沙被風吹散，落入在無聲無盡黑暗。

往後的每一天，我都活在明白自己正漸漸失去他的悲傷裡。

CHAPTER EIGHT

第八章

豔陽下的夾腳拖

菲律賓 Philippines
明多洛島 Midoro Island

「快走，船在碼頭了。」

天還沒亮，匆匆起床將一切收進後背包，逃難似的離開旅館。

今年第一號颱風很不尋常的在一月形成，直撲菲律賓而來，所有離開本島的船已經停駛兩天了。颱風攪局，一切計畫都成為濕透的紙團，軟爛的泥巴。波蘭人得知消息，清早五點，有艘私人船要開往呂宋島（Luzon Island），也許是這幾天唯一離開的機會，沒有人知道會封港多久，有可能兩天、三天甚至是一週。沒有人有答案。

從山林間走往港口，整個明多洛島（Midoro Island）小鎮都還在沈睡。穿著夾腳拖快步的走，不在乎水窪的積水濺濕雙腳，也不在乎早上剛起床沒有刷牙。島上的日子大致簡單，經過每天去吃的便宜餐館、經過帶著兩瓶啤酒坐了整晚的沙灘。不知道什麼時候開始自己變成了這樣的女孩：喜歡坐在草地上吃東西勝過浪漫餐廳；喜歡逛雜貨店勝過紀念品和名產；喜歡格格不入的擠在大眾交通工具裡勝過遊覽車接送；喜歡隨性走路勝過計畫縝密的移動。或許是潛在血液裡的流浪因子，旅行只讓人越來越發現真正的自己。

可容納二十人的船，只載了不到十人便匆匆離港。我回頭望向漸行漸遠的島嶼，觀光客來此尋歡作樂的霓虹味已在午夜飄散，只剩下寥寥幾盞路燈寂寞的在岸邊，船隻輕巧而快速的航向無邊的黑暗裡，眼前唯一的光點，是對面澳洲大叔手上那隻彷彿永遠抽不完的煙，忽然忽滅，閃爍著暗紅色的不安。

天漸漸亮了，雲層厚如冬天裡的棉被，整片天空與海籠罩成一片深灰色，沒有陽光的空氣在海面上變得格外冷冽。

「戴上吧，風雨隨時會撲來的。」我沒說話，從他手中接過右邊耳機。沒整齊過的髮，被冷風不斷從四面八方吹得更亂，還沒想好離開這片海之後要往哪裡走，只聽著詹姆士布朗特（James Blunt）溫柔而沙啞的嗓音，隨船隻帶我繼續航向那深似不曾甦醒過的清晨。

順利抵達呂宋島後，背著後背包，挑戰這才開始，一連串瘋狂轉車，差點搭錯巴士，在雨中奔跑，然後跳上載滿當地人的吉普車，基本上，我會說我們是鑽進車子裡的，在滴滴答答的雨中搖搖晃晃，終於到了最後一個岔路口。一路上傑瑞說了很多話，我太疲憊了，完全聽不進去。蜿蜒的林徑，上坡九公里處便是我們的目的地，眼看近在咫尺，然而環顧四周，並不見任何其他旅客。岔路口停著一輛公車，心想太好了，一切都會很順遂了吧。

「五百元。」車上的司機說。

「這一趟要五百？」傑瑞有些語氣不悅。「一個人五百元。」司機強調。

「你在開玩笑吧，公車就是公車的價錢，一人二十。」

司機聳了聳肩，表情好像在說「那我就沒辦法開車啦！自己看著辦吧！」，還有兩個菲律賓小伙子，用極重的菲律賓口音在一旁幸災樂禍。我想起傑瑞剛在路上這樣說：「旅客總是被當成活人提款機，不削妳幾倍的價錢心裡不滿意。」

保羅和傑瑞開始用法文對話，好讓菲律賓小弟們聽不懂他們的商計。我們預計是不會有其他人出現了，便起身離開那輛在樹下看似幾乎荒廢的公車。氣候是這樣運作的，一旦下雨地面就會降溫，我們在雨裡走著，那種雨會沾在皮膚上，卻淋不濕髮，但時間夠長就足以在凹凸不平的地面留下一坑一坑的水窪。

路上慢慢想

TRAVEL LIGHT_MIKA LIN

在滿是泥濘的路上來回走了好久，雙腿沾滿泥濘，我們找了路邊攤填飽肚子，只是也忘了當時吃什麼，只記得在菲律賓的日子，最常吃的就是路邊阿姨賣的漢堡，二十五元買一送一，經濟實惠，雖然毫無品質與健康可言，所謂吃粗飽，就是這個意思吧。最後一台機車騎到我們旁邊，商量好了合理的價錢，他說請讓他回家換車，一台可以擠三個成年人的三輪車。

於是我們沿著泥濘，經過賣汽油的路邊攤，經過許多熱帶植物，沿著山路一直往上。

「如果剛剛聽得沒錯這段路是九公里，如果三輪車時速有四十公里……要多久才會到呢？嗯……算了，用時速三十公里會比較好算吧……要多久……」我已經精疲力盡，在心裡與自己對話，試著預測這段煎熬的路還有多長。

十個小時前還躺在陽光普照的沙灘上，此刻以同樣的衣著置身於狂風中，冷風和雨水從三輪車的兩側灌進來，體感溫度降到不敢相信自己身處四季如夏的熱帶地區。不知道是我數學太糟，還是腦袋已經停止運作，總之想著想著，也沒算出答案來，模模糊糊的在顛簸寒路裡，失去意識般睡著了。

抵達山頂的城市後，風雨有增無減，只擁有夏日裝備的我冷得發抖，雙腿布滿雞皮疙瘩，疙瘩在風中掉了滿地，掉完又長出新的。保羅從背包裡拿出了防風外套讓濕透的我披上，以及毛帽，我突然感到羞愧與愚蠢，眼前是位萍水相逢的陌生人，卻毫不猶豫地對冒失的我伸出援手，讓我不用在寒風裡難受。

隔日是幸運的大晴天，我們前往塔爾火山（Tar volcano），大部分觀光客騎馬上去，而我們徒步。聳立於湖中的火山必須要先搭乘木筏才能開始往上走，而火口湖在豔陽下折射成鏡面般的光澤，我瞇著眼喘氣，腳有點痛，想起自從在菲律賓的第二天，雙腳被鞋子磨出了兩個洞，之後的路都是這雙在路邊用五十元台幣買來的夾腳拖陪我走，陪我在雨中奔跑、陪我踏海浪、陪我逛大賣場買食物、又陪我爬上火山。豔陽下腳上破掉的水泡如煮沸般炙痛，好幾度覺得自己撐不下去了，卻又咬著牙再往前走，一步一步，直到終於站在火山口的那一刻，我感受到陽光烤在皮膚上發熱，感受到微風的呼喚與大自然的水火交融。

看著不遠處的羊和牛，感覺猶如新生。驀然回首，所有收獲都發生在意外的風景裡頭，在未知裡跌跌撞撞，也何嘗不是一種學習的方式？我告訴自己只要還有力氣走，就要繼續走，繼續探索，直到腳上再出現新的傷口，也不停止。

CHAPTER NINE

第九章

關於愛

菲律賓 Philippines

布桑加島 Busuanga Island

在旅館打工的年輕菲律賓男孩，我總在長廊上遇到他，除了微笑打招呼，很少講其他話，他黝黑的四肢非常纖瘦，就像其他山裡的孩子一樣，做起事來勤勞又靈活。閒暇的時間他總在旅館半室外的陽台，和女朋友待在一起，時而嬉笑、時而只是安靜的肩並肩坐著。

那天我在陽台上，研究 wifi 怎麼跑得這麼慢，兩隻白色的小狗慵懶的趴在地毯上，最近天氣都很不穩定，每到傍晚就起風。這是一座簡單的小島，我住在半山腰的旅館，彷彿沿著丘陵的岩壁蓋起的，令人有些不安，看似一陣強風就可以將它吹散。旅館老闆是一個比一般人胖兩倍的英國老兄，講著咕嚕咕嚕的英國腔，十句裡我有八句聽不懂。

那個男孩若無其事地走到我面前，他問我：「請問我愛你的中文該怎麼說？」我回應的同時心想，不是吧，小小年紀就跑來耍嘴皮子？沒想到他喜滋滋的回頭，掩飾不了雀躍地轉向女朋友大喊——

「我愛你！」

「我愛你！」

「我愛你！」

我愣著看到女孩笑得燦爛如花，然後我也笑了，咬著下唇偷偷笑，看著別人的幸福，感覺自己也被包圍在淺粉色的泡泡裡。男孩和女孩看起來都很年輕，我想像他們住在這樣的山裡，偶爾沿著小徑走到海邊，肩併著肩看潮起潮落，不知道男孩是不是向來自世界各地的旅人都問了這句話？女孩是否收集了各種語言的愛呢？它們全發自同一個男孩的真心，我想愛不過就是這樣，不過就是兩個人相視而笑，多數的人該不會忘了吧？長大後的我們不會忘了吧？最簡單的感情呀，想看到她開心，想逗得她嘻嘻哈哈合不攏嘴。長大後的我們不會忘了吧？小時候的那種感情呀，想著想著，我一顆心變得亂糟糟的。

CHAPTER TEN

第十章

生物距離

尼泊爾 Nepal

加德滿都 Kathmandu

生物距離指的是兩個同類生物在一起，彼此可以感到最舒服的間隔距離。

人類的生物距離，不僅關係著人際交流，還包括交通與建築，除了個人習慣之外也隨著不同國家文化，成為日常中的一部分。例如日本人的生物距離之大，連打招呼都只在禮貌距離內互相鞠躬；開車也是，有天我發現較容易在日本馬路上拍到街道上沒有車的空景，因為等前一台車從鏡頭右邊離開，後面的車才會從左邊探出頭來。比較起來，台灣人的生物距離稍小一點，不難見到路上前後車貼很近的狀況，還有台北的老舊公寓，巷弄狹窄到陽光都灑不進來，不知是環境造就了人們的習慣，還是人們的習慣打造出這樣的環境。

撇除文化與外界關係，我的生物距離是兩極化的，彷彿有一條線深深的在我身體周圍劃出一個圈：線外，你是陌生人、你是朋友，但請不要靠近我，心理或生理上都是，別問我心裡的事，別觸碰到我的肌膚，一但對方有試探的意圖，總會嚇得我立即退後三百步。但線內，你是我的親愛人，走路要勾著你，坐在椅子上要貼著你，恨不得把自己縮小裝進你的口袋裡。

然而，來到尼泊爾，重新塑造了我的生物距離。

為節省計程車錢，我來到車水馬龍的大街上，尋找公車前往市區兩公里以外的猴廟（Swayambhu），加德滿都（Kathmandu）的公車沒有時刻表，沒有號碼，也沒有LED招牌顯示「即將到站」。一輛一輛廂型車擠在公車站排前，像大拍賣一樣，公車小弟探出頭或半個身體，大喊著目的地，一次、兩次，沒人上車就關門開走。

來往的人群在人行道上摩肩擦踵，似乎習慣了擁擠，絲毫不在乎他們經過時，半個身體都撞在你身上。乘客在一片混亂中井然有序，對我而言這一切像是場聽力大考驗，公車小弟喊的每個地名，對於我這個異鄉人來說都是被拋在空氣中的聲音，毫無任何意義。我試著在零碎的聲響中尋找熟悉的頻率「Swayambhu」，足足在路口站了二十分鐘，一台又一台公車來了又走，聽起來都不像是S開頭的發音，幾乎絕望得以為已經錯過往猴廟的車，心裡懊惱著用走的都差不多到了。就在要放棄的同時，聽到一台破舊的麵包車緩緩靠近，門口掛著一位黝黑而纖瘦的年輕男子，嘴邊喊著：「Swayambhu、Swayambhu。」

麵包車內約有十五個座位，站著直不起身，座位之間沒有明顯的分線或是間隔，男女老少腿貼腿的坐著。全車好像我最尷尬，不是因為外國人，是因為我的生物距離正感到被侵犯。

「太近了，隔壁這位太太。」我當然是沒有說出口，努力嚥下心裡的糾結。車子並不是真的這麼擠，但所有尼泊爾人都若無其事的跟身旁的陌生乘客貼在一起，過了幾站原本坐在旁邊的婦人下車，緊繃的我以為終於鬆口氣，這時一位阿伯上車，一屁股坐下，大腿、肩膀全和我黏在一起，我坐在父親身旁都沒有這麼近的距離。公車搖搖晃晃的穿過市區，我注意到即使還有空間，人們真的不介意互相擠在一起，也是好事一件吧，也許這是尼泊爾人之所以讓人感到溫暖的原因之一，幾乎不存在的生物距離，腿貼腿，心貼心。

抵達猴廟時天色已漸黑，暮色昏黃了整座建在河谷上的城市，一棟棟房子如積木般方正，走在兩千五百年歷史的石磚上，空氣瀰漫著虔誠與寧靜。準備回旅社，卻找不到回程的公車站牌，索性用走的，不疾不徐地散步回去，入夜後的加德滿都像停電一樣，真恨不得自己隨身攜帶登山的頭燈，夜雖暗，卻如散步在自家樓下般平靜無比。

第二次、第三次搭公車，已經逐漸融入了當地人的生物距離，只是當這樣的親近拿到馬路上，仍是讓我忍不住捏把冷汗。所謂的保持安全距離並不存在，即使狹小的縫隙都可以讓駕駛在夾縫中求生存，甚至走在路旁，時不時手臂會被經過車輛的後照鏡撞上。有一天走在市區，突然一個外力從背後將我往前推，心想是一台手推車嗎？回頭竟然是一輛緩緩開在路上的休旅車，輕輕的若無其事的，像其他行人般毫無距離感，貼在我的背上，我只能雙手一攤，莫名其妙又哭笑不得。

仔細想想，似乎發展程度越高的地方，一切越是井然有序，生物距離越大；而我卻漸漸喜歡上加德滿都這種出其不意的混亂感，再次搭上擠滿當地人的小巴士，望著窗外的沙塵，竟然也漸漸的，在陌生人的鼻息與司機播放的廣播歌聲中，找到一分油然而生的安全感。

कोरियन
चाइनिज भाषा
अंग्रेजी भाषा
कोरियन
चाइनिज भाषा
अंग्रेजी भाषा
IELT

CORPORATE TRAVELS & TOURS (P) LTD
CENTER
TRAIN TICKETS
PHOTOCOPY
EMPEROR
STAY TRUE

CHAPTER ELEVEN

第十一章

喜馬拉雅山

尼泊爾 Nepal

喜馬拉雅山區 Himalayas

我要的是一種純粹的自由，一種面對未知的挑戰。

於是走向喜馬拉雅山，帶著背包與地圖一張，我不要嚮導也不要挑伕，我不要有人來告訴我幾點出發，不要有人來照料我的伙食起居。沒錯，走上標高五千三百二十四公尺的聖母峰基地營不會是一件容易的事，獨自前往更是有著無數未知的風險，當所有人都在懷疑我的能力，懷疑我的決定時，我的心告訴我，必須去走這一趟。

我的人生走到了這一步，若要有所成長，就必須去完成新的挑戰，面對在大自然裡潛在的危險、孤單、喜悅、驚喜與恐懼，這將不會是一場快樂的郊遊，但歡樂並不能教會我們什麼，然而，痛楚、苦難和障礙卻能轉化我們，使我們變得更好、更強大，讓我們認識到生活在當下時刻的重要性。

我不知道前方有什麼在等著我，買了機票隻身飛往尼泊爾。

也許不是每個人都夢想著前往聖母峰基地營（Mount Everest Base Camp），但喜馬拉雅山脈絕對是個承載著夢想的地方。加德滿都天還沒亮，我乘著夜色搭上加價的計程車前往機場，在又冷又暗的候機室等待，然而原定清晨六點半的飛往盧卡拉

（Lukara）的班機延誤了，冷空氣令我感到昏昏沈沈。遲遲到了中午十點都還沒動靜。機場廣播模糊不清，因此每當廣播聲響起，人人便豎起耳朵交換彼此聽懂的片面單字。

「你也要去盧卡拉嗎？」留著長髮，身高約一百九十公分的英國男子靈頓開口對我說。是的，我收了收身旁的雜物，邀請他坐下來。機場的鐵椅又冷又硬，什麼姿勢都不舒服，但外頭起了大霧，誰也走不了，只見候機室越擠越多人，角落的小咖啡館價格是街頭的十倍，但寒意撲鼻，難熬的等待仍讓它生意絡繹不絕。「那兩個年輕小伙子也要去盧卡拉。」靈頓指向史考特與巴德。「他們帶了一整罐格陵威治威士忌！」我只懷疑自己有沒有聽錯。靈頓繼續笑著說他的夥伴奇輔之所以一直站在那跟他們聊天，就是為了在山上能分一口威士忌。

「A161、A161班機飛往盧卡拉，請到登機門登機。」終於等到這一刻，沒有什麼比這更令人興奮的事：前往聖母峰基地營的起始點，盧卡拉。史考特害怕小飛機，坐在前座將毛帽拉到鼻子，準備讓自己在昏睡中度過這回合。巴德坐在我的左側，和我一樣緊張又雀躍的不斷往窗外望。那時我還不知道，往後我將與這幾個萍水相逢的陌生人，成為在喜馬拉雅山脈上的夥伴。

盧卡拉機場被稱為「世界屋脊上的機場」，機場跑道又窄又短，一端是峭壁，一端是懸崖，起飛和降落都只有一次機會。只要沒在半途墜機或是撞上山壁，這趟健行就已經成功了一半。天氣晴朗無雲，在盧卡拉付錢辦了入山證，一切看起來還算平易近人，步道兩旁的村莊，因為在一月淡季而顯得特別寧靜，偶有小羊小狗在嬉戲，也會遇到成群的驢子和氂牛。

天氣乾燥晴朗，走在山谷裡，步道還算平易近人。走著走著，遇到一位年邁的登山客，兩個嚮導與挑夫跟著他走。他帶著深灰色遮陽帽，斑白的鬢角在正午陽光下映成幾乎透明的銀色。杵著登山杖，踩著碎步蹣跚前進，移動之緩慢，恍然望去以為是一幅靜止的畫。我們停在同一間茶屋休息，攀談之中得知，老先生八十歲了。聖母峰基地營是他與結髮妻子年少時的共同夢想，總在晚餐與聖誕節時興奮討論，但總會有各種更重要的事、更重要的計畫，讓他們把這趟旅行放在下次。日子久了，孩子、房子、工作等忙碌的日常，漸漸將當初的夢想擠到擠到布滿灰塵的角落。

三個月前妻子心肌梗塞去世了。悲慟之餘，他決定拾起行囊，一個人前往尼泊爾。

「我們一輩子都在夢想著，某天要一起前往聖母峰基地營。」

「孩子，妳必須要知道，一個星期有七天，而『某天』並不包含在內。我後悔沒有早點明白這件事。」

他說他不在乎要走多久多遠，只願在有生之年，還有力氣，還能自主呼吸的時候，來完成這個來不及與妻子一起實現的夢想。喝完加了三匙糖的瑪薩拉奶茶，我起身繼續前行。走好幾公里的路，一直忍著眼淚不要掉下來。

當天晚上住在二千六百一十公尺的巴克定村莊（Phakding），山屋比我想像的還要完整而紮實，老闆同意讓我們以在山屋吃飯的餐費換取免費住宿，大廳內放著佛教六字大明咒，彷彿也環繞著整個山谷，輕聲唱著 Om Ma Ni Bai Me Hum。入夜後溫度驟降，兩隻看起來剛滿月的幼犬從黑暗中跑進山屋前院，一隻小黑狗，一隻花狗，撲通撲通像興奮的毛球一樣直奔我的懷抱，可愛的模樣讓一整天的疲憊都消失了。

隔天前往南集巴札（Namche Bazaar），整整八個小時的路程，讓我與大夥都累壞了，但南集巴札是整條健行道路上最大的村莊，一棟棟房屋遠看像飛碟般鑲在山坡上，這裡什麼都有，包括洗髮店。山屋裡通常沒有熱水，有的話也要花錢買，隔天休息日，我愉悅的提著小錢包前往洗髮店，店員還拿出小本子要我在上面簽上來自台灣的署名，洗完才三天便已糾結的髮，心好像也準備好繼續迎接更多挑戰。

置身於有眾神寶座之稱的群山裡，美景令人心曠神怡，沿路友善的動物們也總是讓我心花怒放，慵懶的狗兒有時會從一個村莊跟著我們到另一個，然後便自由的離開，想走就走，想睡就睡的模樣真是令人羨慕不已，瀟灑啊，不禁想若有來生，就當一隻喜馬拉雅山脈上的狗吧。

大自然如此令人敬畏，如此神祕，你永遠不知道下一秒會有什麼變化。抵達丁坡切（Dinboche），在四千三百五十八公尺的高度我開始發生高山反應。

原以為疲憊會使腳步變得沈重，其實不然，越走越是覺得頭重腳輕。每一步都輕飄飄的像快要從這石坡路上消失了一樣，卻又每個步伐都在腦子裡掀起駭浪，疼痛地震耳欲聾。到了山屋，好幾位健行者圍在燃燒乾柴的鐵爐旁，得知不只我一個人頭痛欲裂，竟突然放心了許多。

感覺身體發燙，卻又忍不住打冷顫，點了炒飯當晚餐卻一口也吃不下。我把頭埋進膝蓋裡，彷彿只要把腦袋往低處放就能讓疼痛暫息。再次抬起頭，視線變得模糊不

清，像頭燒著燒著就燒壞了視覺神經。

我知道大部分的高山症病患，症狀常是暫時性的，只需要時間，身體會再適應後好起來。於是我很認真並且仔細的感受著身體的每個細節。

獨自回到房間後卻還是很想哭。零下十度的夜晚，縮進睡袋裡，動也不動的等待身體能夠漸漸變暖。凝視著一片漆黑的天花板，整座山區安靜到令人不安，一陣反胃，我平靜的走進廁所將晚上喝的薑茶吐個精光。孤單與恐懼總在最深的夜裡襲來，我毫無反擊之力，感覺自己脆弱得像一片曬乾的枯葉，一碰就碎。我想起了父母親，想起了所有心繫著我的朋友們，真想跟他們說說話，坐在一起吃飯。真希望平常的日子裡，都有好好的讓他們知道我的愛。那一晚，真的很害怕自己會死掉。

也許一個人要勇敢，必須先感受害怕。

出發前我就已經做好最壞的打算，即使沒完成挑戰也沒關係，走在夢想的路上，已經是一件夠幸福事了。然而幸運的，休息一天後，精神好多了，身體似乎適應了高度，繼續背起背包前往羅坡切（Lobuche）。

EVEREST TREK
KHUMBU HIMAL
EVEREST TREK
100% YAK WOOL

早上還是大晴天，越往高處走天空越是多雲，徒步中第一次遇到陰天，體感溫度因沒有陽光而驟降。背包變得很輕，因為幾乎所有衣服都穿在身上了，步伐卻沒有比較快一些。我還在練習呼吸，接近五千公尺的高度，每走十步就得停下來喘三分鐘。走得很慢，天氣變化的速度卻迅雷不及掩耳，起風了，天空開始飄起細雪，很快的將高原染成一片精靈般的白色。

越來越冷，來自愛爾蘭的基輔走在我身後，提醒我必須加快腳步，在天氣更糟之前離開這裡。我不覺得累，卻莫名的緩慢、昏昏欲睡。行進間，能見度越來越低，風在臉頰上颳得很痛，我感到意識虛弱，連睜眼都覺得費力，但為了不要一腳踩進結薄冰的溪水裡，努力保持清醒從睫毛縫隙中凝視自己的每一個步伐。漸漸的，前方其他健行者的身影與路徑、引路的石堆與驢子大便，都被埋進無盡的白茫中。我才發現我們走在一場暴風雪裡，一不小心就會迷途。接下來的路已經完全是靠意志力走過的了，謝謝肺，謝謝雙腳，謝謝心臟跳動著，你們都做得很好，請繼續加油。

葛拉雪（Gorakshep）是抵達聖母峰基地營前的最後一站，離羅坡切只有三個小時路程，而海拔越高，越要慢慢走。眼前的景色已經從綠意蒼蒼的森林，變成萬物俱寂的冰山世界，沒有任何生命跡象，只有碎石和冰刀般鋒利的聳立高山，轟隆隆的呼吸著。

抵達五千一百六十公尺的葛拉雪，大家都說這是另一道關卡，甚至有些人會避免在這邊過夜。這些事，我並沒有特別放在心上，還不小心在葛拉雪過了兩夜，我以為最痛苦的時刻已經過去了。

此時入夜後氣溫大約是零下二十七度，山屋裡的所有人都窩在大廳，只有這裡有燒著牛糞取暖的火爐。我們玩撲克牌玩到晚上十點，大家都很開心今天終於不用七點就回房間躺在床上發呆了。在山上的每一天，總是天黑之前到山屋開始休息，夜顯得特別長。

小木屋裡外都一樣嚴寒，離開火爐十秒鐘便會感受到難以忍受的寒氣逼人。回到我的房間，兩件羊毛衣、毛襪、三件褲子、羽絨背心再加上羽絨外套，所有能往身上套的衣物都穿上了，靜靜窩在睡袋裡等待溫度升高。半夜，我突然感受到溺水般的呼吸困難，隨後即被劇烈的疼痛驚醒，像做了一場惡夢般，我睜大了口鼻在冰冷的空氣中吸吐出一陣一陣白色煙霧。後腦勺像被一隻巨大的手狠狠捏著，像孫悟空的緊箍咒，叫天天不應，叫地地不靈。

痛苦的從睡袋中撐起半個身體，戴上頭燈在探進背包裡尋找能救我的藥品。好不容易找出丹木斯和一顆綠色的止痛藥，發現水瓶裡的水全結成冰了。幸好我還有一個水袋，裡頭還有約 20 c.c 的液體水尚未結凍，結果水袋開口也結冰了，完全扭不開。活了二十三年，我發誓這是我人生裡最絕望的時刻。

凌晨三點半，我打開房門對著空盪盪的走廊說：

「有人在嗎？」

「有人可以幫幫我嗎？」

只是並不真的想叫醒任何人，聲音虛弱而微小到連螞蟻都聽不到。難受到極致，我坐在床上眼淚帕嗒帕嗒的掉下來，寒冷無疑讓痛苦與絕望加倍難熬，全世界彷彿只剩下自己，面對劇烈的疼痛感到失重般的無助，只是這次，我不再感到害怕了，心中有個聲音安靜而堅定的告訴我：再長的夜總是會天亮，再疼痛的苦難都終究會結束。

終於從水袋裡擠出一點水，吞了藥。抵達聖母峰基地營前的最後一晚，我躺回睡袋裡，試著想一些快樂的事，例如和喜歡的人一起唱著歌、例如可愛毛絨絨的小狗、例如家裡溫暖的被窩……等待著時間的推移讓高山症狀慢慢減弱，等待終將到來的黎明。

終於天亮了，點了雞蛋三明治還是吃不下，最後的一小時路，抵達基地營了。在大自然面前，感受到前所未有的脆弱、疲累、和無與倫比的強壯。內心滿是澎湃與感動，即使每一步都走得很慢，但我沒有退縮過。想著有多少人冒著生命危險只為了圓一場夢，而我是何德何能活著站在這。

望著著名的昆侖冰瀑，腳下隨時會移動的冰川，好像還能聽到碎裂的聲音，彷彿來到另外一個星球。回程時與巴德聊起高山症發作的半夜，他驚訝的表示：「妳完全可以把我叫醒啊！」當時其他人都睡在我對面的房間，其實我滿臉淚痕的看著他們房門看了好久，最後決定，我可以獨自面對。

「我已經沒事了呢！」我說。看著他，感覺到我的心，我的眼睛，都已經和來時的那個女孩不一樣了，彷彿更堅強，對生命的體悟也更溫柔了一點。也許這趟旅程中最重要的從來都不是聖母峰基地營，而是心境上的轉變與收獲，以及如此細膩，如此專注的與身體、與大自然、與萍水相逢的朋友相處在一起的時光。

再次搭上小飛機回到加德滿都，從沒有訊號的高山，回到文明世界突然有些不習慣。放下大背包，狠狠地洗了場熱水澡，花了一個小時才把打結的頭髮梳開。出門覓食後，回房間突然感覺怪怪的，有人進來過，枕頭與棉被之間多了什麼東西，藍色的，我戰戰兢兢靠近，很確定出門前並沒有這個藍色的物品，深呼吸，我拉開棉被，竟然是旅館提供暖呼呼的熱水袋。

這輩子沒有為熱水袋哭過，我忍不住幸福的掉下眼淚，原來舒舒服服躺在溫暖的床上是一件這麼這麼美好又可貴的事。

我們總是想要的太多，其實擁有的早已足夠。

CHAPTER TWELVE

第十二章

你眼裡的海洋

尼泊爾 Nepal

班迪布爾 Bandipur

那是一個陽光普照，氣溫仍然冷冽的午後，在房間裡還能聞到從水泥牆溢出的寒意。加德滿都的空污如往常一樣嚴重，抬頭看不見藍天與太陽，但可以感覺到光，折射穿過空氣中的塵粒，閃閃發亮，整座城市像有人抓了大把金粉撒下。

「約瑟夫。」他自我介紹，然後問了我很多問題。

我在青年旅館的頂樓遇見他，他一定知道自己笑起來有多好看，所以總是笑著。這個笑容替他換來了為期六個月的多次入境簽證。這是他第二次來到尼泊爾當志工，做的是很辛苦的建築工作，一磚一瓦幫忙村莊蓋學校，他說他是個什麼工作都願意做的人，能夠付出一己之力是很幸福的事。去年學校的落成典禮上，孩子與村民們的笑容帶給他許多感動，讓他今年決定再次回到這裡。

一件藍色條紋的連帽上衣映襯著他淺藍色眼睛。濃濃的法國腔講起英文來像巧克力慕斯蛋糕，帶著低沈的苦甜。加德滿都並沒有太多高樓，印象中甚至還沒有看過電梯。站在五樓的高度便可俯視這座城市。頂樓的四面都以玻璃窗圍著，溫室效應般在十度的一月裡收集了滿屋懶洋洋的溫暖，旅人們窩在彩色的地毯上彈吉他，抽大麻。

我們一起下樓吃午餐，在尼泊爾的日子彷彿一場慢速放映的電影，所有人都不疾不徐地吃飯，不匆不忙地過街。經過車水馬龍的交通要道，路旁有披薩店和等待客人的三輪車伕。我們轉彎穿過一棟建築物，天外有天般發現拱廊盡頭是一間露天的當地小吃店。約瑟夫說在加德滿都，便宜又道地的食物都藏在巷子深處。

Momo，二十元台幣
蔬菜炒麵，二十元台幣
雞肉炒麵，四十元台幣
啤酒，一百元台幣

啤酒永遠是路邊攤裡最貴的品項，因為都是外國人在喝的。點了炒麵和一份類似小籠包的Momo，坐在風一吹就會飛走的塑膠椅上，喝著啤酒我們毫不在乎桌上的灰塵，畢竟漫天沙塵的城市和熱水系統不穩定的浴室都讓人提不起保持乾淨的興致。我們一見如故，有說不完的話，從尼泊爾聊到法國，聊到台灣，從國家政治聊到家裡養的小狗，然後說到尼泊爾中部的山城班迪布爾（Bandipur）。聽說這個距離首都四個小時車程的小鎮人文薈萃，天氣好時可以遠眺喜馬拉雅山脈，也因知名度不高而寧靜悠閒。

「也許明天下午出發。」「要一起去嗎？約瑟夫提出邀請。

午餐後我們沒有留下聯絡方式，抱持著會在屋頂上再次相見的默契。

隔天一早我和室友巴德騎著租來的摩托車出門閒晃，預計兩個小時的路途因為交通狀況拖延著，他還想越過兩個山丘，我一心只想回到那個屋頂，至少和約瑟夫說聲再見，生怕時間晚了就要與他擦身而過。茫茫人海裡，一個巧合能從天涯來相逢，一秒之差也能成為再也找不到彼此的錯過。沙塵漫天，黃昏混雜著市區車水馬龍的吵雜聲搖曳在天邊，心想他勢必已經離開了，就這樣吧，有緣就會再相見的。原本的焦慮也在時針推移之間一點一點的流失，漸漸平靜了下來。

「喝杯茶嗎？」巴德問。

我們回到青旅頂樓，點了平均要等三十分鐘才會送上來的奶茶。躺在吊床上晃啊晃，交誼廳中間佇立著鐵製旋轉樓梯通往加蓋的平台，我赤著腳，小心翼翼踏在間距太大的鐵條一步一步往上走，首先映入眼簾的是隨風飄揚著的風馬旗，五彩旗幟在時光洗滌中染上風沙的顏色，沿著遠方的風景，一回頭焦距再次拉近我看見一個熟悉的背影，藍色條紋的連帽上衣，靜靜坐在角落長椅上，抽著手裡的捲菸，與盤旋在空中的黑鷹相映成一幅畫。

「嘿。」我不願打破這片寧靜，輕輕發出聲音。

穿著藍色條紋的男孩過身來，嘴角淺淺上揚，深長的眼神好似說著：妳在這呀。

基於某些原因約瑟夫沒有在那天下午離開加德滿都，我也沒有前往原本計劃造訪的波卡拉（Pokhara）。在城裡逛著晃著的幾天，我會在屋頂上遇見他，旅人們三五成群，有一搭沒一搭的聊著，有時隔著幾張桌子，每當我望向他，總是會看見他也正在望著我。

即將離開尼泊爾的倒數三天，我們將大背包留在青年旅館，搭上滿載當地人的迷你巴士前往班迪布爾。我們吃完早餐才上路，旅程顛簸，四個小時的路程在風塵與交通阻塞中無限延長。還沒抵達目的地，太陽已垂在遠方山頭慵懶欲眠。

「我們會不會太晚出發？」我有些懊惱，天似乎快黑了。約瑟夫的視線從窗外收回到身旁，捏捏我的肩膀說：「不會，現在就是最好的時候。」

他總是笑著。我注意到他幾乎沒有在使用手機與網路，閒談中得知，二十七歲的他在三個月前為了旅行時有 GPS 地圖可以看，才買了第一支智慧型手機。他好奇的看著我在社群媒體上傳訊息、回覆留言，問我這是什麼意思？那個功能是什麼？我感到又好笑又奇怪的回應著他，一心想著，「你是古代人嗎？」

路途漫漫，巴士上重複播放著一張電音舞曲專輯，我說好險不是夜車，否則如此動感的節奏是多麼擾人啊。約瑟夫噗滋地笑了，分享著他曾經在尼泊爾搭長途巴士，車上那張 CD 只有一首歌，整整聽了十四個小時小賈斯汀（Justin Bieber）的〈寶貝〉。我的注意力在手機螢幕與窗外風景之間游移，然而只要抬起頭，總是會看見約瑟夫凝視著枝頭上的鳥群、山谷間的溪流或者是那沒有盡頭的蜿蜒山路。我突然深刻感受到身旁這個人如此踏實的存在感，沒有雜訊，沒有動態更新或即時新聞，只有我們，此時在這個世界上某個角落並肩坐在一部搖晃的老舊巴士裡往山林走，這一刻的心情與感受是私人的，只存在於這個當下，只流動於參與者的時空中，稍縱即逝並且永遠不會再重來。

我索性開了飛航模式，將手機丟進背包裡，接下來的兩天都沒有再拿出來過。待在尼泊爾的日子裡，一直等不到一場雨將空氣洗淨，每每遠眺都有如霧裡看花。即使站在班迪布爾山莊的民宿陽台上，喜馬拉雅山脈也只能從牆上掛著的照片中一探究竟，我們沒有等到雨，也沒有等到晴空萬里的壯闊美景，說不清刷白了天空的是霾還是雲，離開前，幾座覆蓋著厚厚積雪的高聳山峰在雲霧間曇花一現，彷彿飄在天際的島嶼般如夢似幻。我瞇著眼竭盡所能的渴望再望遠一點，渴望穿透這令人不可知性的美麗與神祕，再看得深一點，然後我失足跌入山谷裡，被孩子們的歌聲溫柔包圍，被割草機與蟲鳴鳥叫交織成的羽毛輕輕接起，放下，埋入泥土裡。

大部分的時間我們沿著丘陵的稜線散步，遇見一些山羊，背著樹葉的婦女們，在洞穴裡遇見黑暗中祝禱的修行者，在暮色時分靜看家家戶戶燃起一盞煤油燈，飯菜香冉冉飄散在谷間，放學的孩子，坐在路邊吹風談天的青少年們。沒有什麼驚天動地的故事，一切都很剛剛好，剛好的相遇與剛好的夕陽，剛好的夜深與剛好的午餐。在尼泊爾的日子是慢速放映的膠卷影帶，棕色的那種，布滿許多刮痕卻無比溫柔。約瑟夫總是說：「現在就是最好的時候。」我總在他的眼裡看見海洋，在專注的對待每一句談話中感受到時空。如此而已，在一個人的眉眼之間明白了什麼是真實，知道這個世界是充滿愛的：用心感受萬物的同時，也被萬物認真地愛著。

「謝謝你。」回到摩肩擦踵的加德滿都，約瑟夫送我去搭車。那件藍色條紋的連帽衣上，是塔美爾婦女手工製作的雙層布料，細節處繡了浪花般的圖騰，正適合尼泊爾一月的低溫。離別的擁抱，輕輕說——

「謝謝你在這紛亂又匆忙的世界裡，如此溫柔的存在著。」

路上慢慢想

TRAVEL LIGHT_MIKA LIN

CHAPTER THIRTEENN

第十三章

最富有的國度

尼泊爾 Nepal

巴克塔普爾 Bhaktapur

搭著公車來到巴克塔普爾（Bhaktapur），被譽為尼泊爾中世紀櫥窗的古城，沿著公車站旁的人工池塘往市中心走，這裡的一切都是紅磚與木頭建造而成，肚子餓到幾乎昏迷的我，在天色漸黑氣溫漸低的街上走著，隨意晃進一間昏暗的小吃店，點了一盤台幣二十元的烤羊肉，等待的時間令人懷疑人生，飢餓感作祟，一分鐘都像一個世紀那麼漫長。終於等到食物上桌，巴掌大的盤子盛著幾顆骰子大小的肉塊，焦黑得可憐，外觀看起來讓人提不起食慾，但飢腸轆轆如我，仍拿著叉子一口接一口，硬到讓我的唇齒苦不堪言，咬到最後竟感覺太陽穴有些用力過度的疼痛。

就這樣帶著疼痛，不再挨餓也算是有些心滿意足。晃進了古城區，暮色讓木頭與磚瓦築起的古廟染上一層迷濛的紫色，我拿著地圖，穿過雕刻精緻的千年建築物們，拖著疲累的身軀前往旅館。

櫃檯一名身材瘦小，長相清秀的男孩替我辦理入房手續，坐在一樓的藤椅上，旅遊淡季讓這座遠近馳名的古城多了一分清閒的氣氛。我與男孩聊了起來，他叫做薩米爾，二十五歲，和弟弟一起負責看管旅館這間家族事業，他熱情介紹著一樓的擺設，為每一個角落的用心驕傲著，並且強調頂樓很美，一定要上去看看。我邀請他如果晚點沒事了，就一起來聊天吧。

坐在頂樓一角，可以直視巴克塔普爾中心的尼雅塔波拉廟（Niya Tambora Temple），這裡有法律規定，任何建築物都不許蓋高過於尼雅塔波拉廟，因此不過是五樓的高度，已經足以將整個市中心盡收眼底。

這時旅館的服務員替我們端來兩杯溫開水。

「可以給我一杯奶茶嗎？」

「何不來杯瑪薩拉茶？」

「謝謝，其實我不太喜歡瑪薩拉的味道。」

「瑪薩拉茶是我們的招牌，保證好喝，你得試試看。」

「啊，好吧。」

「我招待。」他拍拍胸脯，再次保證好喝。

入夜氣溫微涼，薩米爾說著他有多期待夏季再次來臨：「整個頂樓會坐滿客人，我會邀請朋友的樂團來唱歌。」他滿臉快樂，指著角落燈架說：「等春天時，我會再掛上一組新的燈。」

年紀輕輕的薩米爾，看起來稚氣未脫，說起話與做事時卻格外成熟有條理。原來這樣的氣質和他的經歷有關，不僅十五歲便開始幫忙父親打理旅館，還曾隻身一人到杜拜工作兩年。提到杜拜的豪華與金碧輝煌，薩米爾說很幸運有這樣的機會體驗，倒是一點都不懷念。

「大家都說尼泊爾是亞洲最窮的國家，他們都忘了，錢財不是唯一衡量幸福的方法。對我而言，尼泊爾是最富有的國度。」

當我正為了周圍低空盤旋的鳥類與黑夜而分心，這句話引起了我的注意力。他黑溜溜的雙眼，彷彿發現金銀財寶般，訴說著尼泊爾人的守望相助，以及人與人之間的連結，那一切一切家財萬貫也買不到的真誠人情。

「人啊，不需要用金湯匙才能享受美食。妳懂我的意思嗎？」他說。

我懂，但我沒有說話，只是微笑著點點頭。新年！還有新年！薩米爾突然像想起什麼大事般興奮，每年一、二月的旅遊淡季，除了休息之外，更重要的是準備迎接三月的尼泊爾新年。在巴克塔普爾的新年最特別，整座城市的人會聚集在尼雅塔波拉廟前的廣場，歌舞歡慶，還有每年的重頭戲：人們以廣場為中心點，東西分成兩派，以粗麻繩綁著一台裝了輪子的巨大雕刻藝術品，彼此拉鋸，整座城的壯丁都會加入角力戰，拔河大戰象徵著幸運，他們相信獲勝的那一方會受到神明的幸運眷顧一整年。但輪子上的木製雕像可有三層樓這麼高，離開了廣場進入任何一條路都會毀壞這座古城窄巷裡的房屋。

「去年我們才剛為新年油漆完旅館外牆，拔河大賽，我們這端的民眾很賣力，哇！一拖進來巷子，整面牆都被撞毀了！」薩米爾邊說邊大笑。「所以今年我才不整修呢，等新年過完再說。」

「但這是幸運的象徵，即使要自己花一筆錢修理，我們都很心甘情願。」他抽完手中的香煙，眼睛裡滿滿都是對未來的期待。原本還亮著燈的幾處屋頂花園一一暗了下來，原來巴克塔普爾還有宵禁，熄了燈的古城更是如沉沉睡去般，瀰漫神祕而寧靜的氣氛。

隔天一早，薩米爾邀請我到他的村莊去走走。

村莊位於巴克塔普爾一旁的山頭上，路途顛簸，搭小巴士要花三個小時，跨上薩米爾的紅色機車，一小時後我們便從綠意蒼蒼的平原抵達海拔一千多公尺山林裡。才停好車，已經感受到開雜貨店、小餐館的居民們親切熱情的歡迎，薩米爾回頭的我說，每次回來這，總有打不完的招呼，握不完的手。他向我介紹著這是他的哥哥、弟弟、妹妹……我心想原來薩米爾來自這麼大的家族啊，後來才知道對他們而言，整座村莊與街坊鄰居都是一家人。

薩米爾請餐館的大叔做了道地的尼泊爾料理款待我，另一位年輕男孩阿米加入我們，臉龐黝黑，有風沙的痕跡，講著一口流利又好聽的英文，他從來沒離開過這座村莊，未來的目標是當導遊。他拿著吉他唱起歌，一首又一首聽不懂歌詞的尼泊爾民謠，沒有華麗伴奏，卻最純粹而深植人心。喝了更多的瑪薩拉茶，在一張簡陋的木製長椅上坐看雲起時，遠方喜馬拉雅群山若隱若現，的確，我們不需要豪華度假村才能欣賞美景，不需要金湯匙才能享受美食，這一刻，在遠離塵囂的山頭上，我明白了真正的富足，是一顆心懂得分享與感恩的滿足。

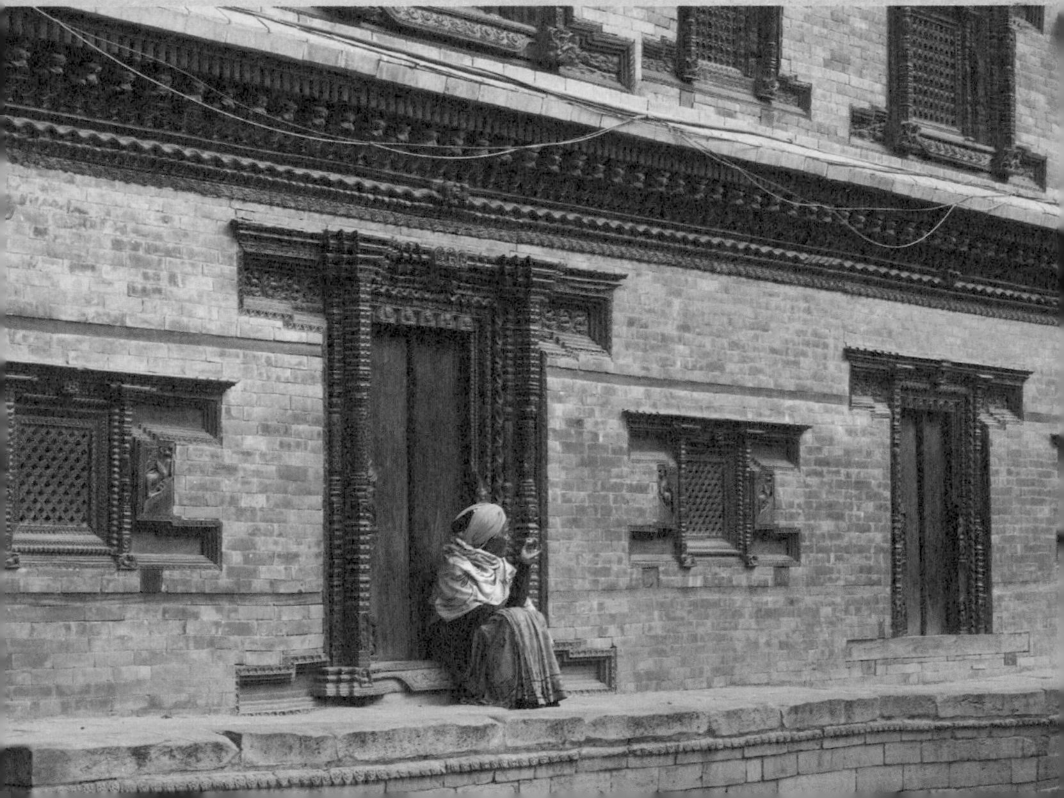

CHAPTER FOURTEEN

第十四章

森林採菇記

波蘭 Poland

波茲南 Poznan

波蘭人是我見過與森林連結最深的民族，其實Poland這個字，本身就是指森林之地。從飛機上往下看，經過波蘭國土時總是一大片又一大片茂盛的綠油，土地面積是台灣的十倍大，人口卻只有兩倍，廣闊的土地上保留著許多鬱鬱蒼蒼的原始林。而我最喜歡的，就是波蘭那分自然的簡單與淳樸。

城市的外圍總是被森林包圍著，它們就是上帝賜與的天然樂園，這裡沒有格格不入的鋼筋水泥設施，沒有過度鋪張的階梯與步道，腳下踩的是會弄髒鞋子的泥土，以及會喀滋喀滋響的落葉，此外會遇見在森林裡討生活，偶爾露面和人類打招呼的野豬和馴鹿。許多波蘭人會在森林裡慢跑，或騎越野單車運動，不論男女揮灑著汗水，他們的肌肉線條是修長又結實；而到森林裡野餐散步更是當地人闔家大小的週末休閒活動，我總是被這分情感深深吸引，走在看似毫不起眼的林木之間，感受到無比的生命力，時間彷彿沈澱了下來，那分對大自然的原始崇拜，是一花一草皆天堂。

在波蘭生活了三個月，夏季接近尾聲，森林也開始褪去屬於夏日的繽紛，轉身披上秋風橘黃色的蕭瑟大衣。溫帶氣候的森林與熱帶島嶼截然不同，我們習慣整年都不會掉光葉子，總是茂盛的常綠木，而在四季分明的波蘭，樹木則大多高聳，葉片偏細小，不同季節有明顯的分界與總是令人驚喜的美麗。

秋天是採香菇的季節，森林裡雖落葉滿地，卻生氣勃勃。從九月開始，特別在雨後，森林裡的菌類植物蓬勃生長，職業採菇者戴著手套與小刀，七早八早就率先前往森林尋寶，他們會在快速道路兩旁擺一個桌子，販賣自己採來的野生香菇。除此之外，採香菇也是全民運動，每到秋天街訪鄰居就開始分享彼此的戰利品，波蘭人從小採到大，如何分辨香菇的好壞幾乎是人人皆有概念的生活常識。

我與瑪麗一起去採香菇。生為香菇村的新鮮人，我感到興奮不已，迫不及待新手的好運直直降臨身上。但人生不如意十之八九，我的香菇初體驗沒有那麼順利，整整在森林裡走了一個小時都沒看到任何好香菇。

「瑪麗！好香菇到底長什麼樣子？」我有些喪氣。沿路不是沒有菇，而是森林小徑旁全是一些奇形怪狀的妖豔蘑菇，有些是鮮豔的紅色，長了斑點，鮮豔到讓人看了就不敢靠近，甚至還有那種又細又長的黑色菇，菇緣還垂釣著密密麻麻的黑色菌絲，彷彿受了詛咒般。各種以前從沒看過的菌類在潮濕的森林裡爭奇鬥豔，來到香菇星球讓我大開眼界。瑪麗說好香菇通常要走進草叢裡才找得到，好香菇是咖啡色的，一眼就能看出跟壞香菇的差別。

「當你遇見時，就會自然知道是它了。」瑪莉說了很抽象的話，鼓勵我繼續尋找，別放棄。

我看著其他香菇獵人，各個人手一袋戰利品，我卻一個好菇都找不到，彷彿在芸芸眾生中漂泊，尋找一個真命天子，毫無頭緒，甚至連他應該長什麼樣子都不清楚。走了好長的路，森林的人潮也越顯稀落。

「瑪麗！我找到了！」握著唯一的線索：咖啡色！我向瑪莉大聲吆喝請她來鑑定我的人生第一菇。

「不是，這個有毒。」她冷冷的說，瞬間將我的信心打下十八層冷宮。

「它是咖啡色啊！」我非常不解。

「這個梗太細，菇帽下面成片狀，跟我們採來吃的好香菇是不一樣的。」

「好香菇身體胖胖的，很可愛。」

「當你看到很可愛的咖啡色香菇，就是它了。」瑪麗語畢，我還是一頭霧水，她輕巧的說再往前走一點吧。

天色已經越來越暗，剩下太陽完全下山前的一抹餘暉，只能對著其他人滿載而歸的笑容望塵莫及。是我們來晚了嗎？還是我註定跟香菇無緣呢？初試手氣的信心搖搖欲墜，就在此時，瑪麗大喊：「我聞到了！」

「什麼？」

「我聞到好香菇的味道！」

瑪麗要我去左邊的草叢裡看看，尋尋覓覓，啊！眾裡尋菇千百度，原來就在燈火闌珊處。我從根部拔起那顆白白胖胖的香菇，還真長得和路邊其他毒菇不一樣。只是瑪麗怎麼聞到好香菇的味道呢？難道土生土長的波蘭人都有香菇雷達？不論如何，萬事起頭難，找到第一顆香菇之後，又接連在附近找到三顆。順利在天黑之前走出森林，一瞬間我有種返璞歸真的滿足感，原來大自然便是鬼斧神工的遊樂場，手裡捧著自己採來的好香菇，感動得好想哭。

CHAPTER FIFTEEN

第十五章

一張單程車票

"I have never had a chance to say goodbye to my mother. We didn't know we had to say good-bye.....And I am an old women today. I have never made peace with the fact I never had the last hug and kiss."

「我從來沒有機會和母親說再見，也從來沒想過我們會天人永隔。我已經是個年邁的女人，對於從來沒有最後一次好好擁抱母親，至今我仍無法和這件事達成和平。」

"From where do we take the tears to cry for them?"

「該從哪裡找到眼淚來為他們哭泣？」

我讀著二次大戰後，猶太大屠殺受害者家屬在今日接受訪問時的字字句句，每一個句子都如此真實，每一個字都如此錐心刺骨。

波蘭 Poland

克拉科夫 Krakow

從布達佩斯（Budapest）跳上波蘭的紅色巴士，八個小時後穿越斯洛伐克（Slovakia）來到波蘭第二大城，克拉科夫（Krakow）。風和日麗的七月初，老城區絡繹不絕的觀光客與馬車熱鬧的踩在千年石階上。除了城堡與市集之外，吸引許多人到此一訪的，還有克拉科夫西南方六十公里外的那個小鎮：奧斯威辛（Auschwitz）。

BEIT MACHT FRE

FUNKENSTEIN
226

奧斯威辛集中營（Auschwitz- Birkenau），二戰時期最大型的集中營。一九三九年到一九四五年間，德軍將被迫遷離的猶太人從中東歐各地「運送」到這裡。當時猶太人誤信自己將會被安置在安全的地方，許多家庭提著大大小小的皮箱，裝滿了珍貴的家當與回憶，渾然不知的搭上死亡列車。在戰爭結束後德軍犯的罪被算清了帳，當時的集中營建築在今日被重劃成博物館，鉅細靡遺地記錄了事情的經過，讓後世的人們能夠謹記歷史上的痕跡。

我搭著從克拉科夫出發的車，聽著一日遊導遊的講解漸漸走入這段故事中。

生長在台灣的我，隱約記得國高中考過希特勒這個名字，但集中營的殘酷，或許在遠東海島上的人們很難有所感受與連結。對於我也是一樣的，直到踏上波蘭這塊曾經被戰火無情吞噬的土地，突然發現到歷史的重量是在每個人的肩膀上，走進奧斯威辛，我感覺自己還可以聽見當年德國士兵焚燒猶太屍體時火光在空氣中摩擦的聲音，一雙一雙掛在牆上的照片，是一個一個無辜破碎的生命。

走在鐵絲網與暗紅色磚瓦屋之間，聽著展覽室的解說，數夜之間六百萬的夢想消失無蹤，何嘗不是曾經歷過這段混亂裡的人們心中永遠的缺口？牆上還有孩子的畫作，走進大通鋪臥室，曾睡在那並且日夜期盼光明的靈魂早已經消散。沒有令人恐懼的氣氛，取而代之的是等待著贖罪與告解的冰冷。

也許值得慶幸的是，這裡的每一件事都被公開檢討，不只世界各地的人前來參觀，德國人也會來，正視曾經發生過的血腥，當天我也看到背上披著猶太六角星旗幟的以色列人團隊，翻攪傷口很痛，但唯有把傷口掀開清潔乾淨，才有完好復原的機會。

一位老人站在一張照片前掉下眼淚，站在一旁的我默不作聲，在歷史巨輪的面前彷佛說什麼都不合時宜。而老人開口了，啞著嗓子說：「Life is a journey, and we are all travelers.」

人生是一段旅程，而我們都是在路上的旅人，人手一張單程車票，朝著未知的方向駛去。

若要說旅行給予了我什麼，我想便是一顆柔軟的心。遠方的磨難，歷史的傷痕，它們不是不關己的事件，都真實存在著，總有人在疼痛著的事實。願世界對你我溫柔以待，也願我們對世界多一分同理。

CHAPTER SIXTEEN

第十六章

沿著波羅的海

格但斯特，屬於琥珀的城市，位於波蘭北方，如果運氣好，可以在晴朗夏日享受攝氏二十度的溫暖。命運多舛的波蘭，因為易攻難守的平原地形在歷史上多次被入侵，十八世紀末被普魯士、奧地利與俄羅斯三個鄰居瓜分，波蘭這個國家從地圖上消失了一百零八年，但波蘭人從來沒忘記自己是誰，當語言被禁止，波蘭人仍在私底下祕密教學，祕密保存著自己的文化，終於在第一次世界大戰後復國，只是好景不常，隨著二戰的開打，波蘭再次亡國。

聽著盧卡斯緩緩道來波蘭歷史，除了目瞪口呆，更對這個民族的堅毅感到尊敬。喜歡波蘭的感覺像喜歡著一個人，喜歡它豐富而內斂，欣賞它熱情而含蓄。二戰時全毀的格但斯特，在重建工程後猶如波羅的海沿岸上閃耀的紅寶石，我借了腳踏車，往城市外圍騎，經過森林後抵達海邊，那是我第一次看到如此綿延而無盡的沙岸。

不久後，我與盧卡斯、彼得三人，將行李與帳篷捆在腳踏車後面，開啟了五天沿波羅的海的單車野營之旅。與以往熟悉的熱帶海域不同，波羅的海時常染著沈甸甸的灰藍色，海水冰涼，有時會看到被沖上岸的粉紅色果凍狀水母。踩在沙灘上，一面是海，一面是森林，如此廣闊而漫無目的，波蘭海岸埋藏著一股不著邊際的平靜感，海浪總是輕柔，吹著風彷彿能讓人放下世間一切浮華。

波蘭 Poland

格但斯特 Gdansk

從格但斯特出發，一腳一腳踩著踏板往西前進，經過原野，經過熱門度假村，經過泥濘，經過飛鳥的巢，經過蕭邦指尖下的田園音符。

「想看波蘭真正的樣貌，就要往鄉下走。」盧卡斯說著小時後奶奶養的鴨和羊，和兄弟姊妹一起在穀倉玩躲貓貓的時光。

身為天主教國，波蘭的教堂跟台灣的便利商店一樣無所不在，在資本主義當道的大千世界，波蘭仍瀰漫著前共產國家的保守氣味，對於我來說，既有趣又神祕。人們還記得排隊領肉的時代，還記得有錢卻買不到貨物的商店，那時民用轎車只有兩種款式可以選，一個村莊裡只有一台電話。

買完補給品，我們的越野輪胎經過充滿三角形屋頂的村莊，在崎嶇的野外地形上轉著，在沙灘上找到一片視野廣闊的無人角落，盧卡斯負責扎營，我與彼得則在附近撿拾晚上生火用的木頭。

北方的夏夜氣溫仍帶著寒意，沒有網路，沒有五光十色的喧鬧。我們席地而坐，用樹枝插著雜貨店買來的香腸放在營火上烤，火光冉冉，我將雙腳靠近柴堆，溫度從指尖蔓延包圍我全身，喝一口波蘭伏特加，體內也溫暖了起來。

沿著波羅的海，最後一站我們停在一座木造的港口旁，海面波光粼粼，天鵝群隨著浪潮搖曳著，從來不知道天鵝會飛，突然間牠們展翅飛翔，巨大的翅膀畫過天際，西邊長堤上躺著出來曬太陽的小海豹，在我眼裡看起來是如此不尋常。就這樣遊牧般穿梭在大自然之間，沒有特定的景點，沒有神蹟般壯闊的大江大海，只是純粹的享受著寧靜與平凡，與猶如讀著辛波絲卡的詩，我在針葉林裡幻化成沙，一直被這樣的縹緲存在感動著。單車是最剛好的速度吧，緩緩移動在這片傷痕累累的土地上，感受著滄桑與榮耀沈澱出的歷史痕跡。

CHAPTER SEVENTEEN

第十七章

一日阿爾巴尼亞人

阿爾巴尼亞 Albania

貝拉特 Berat

貝拉特（Berat）是一個罕見且保存完善的鄂圖曼城市，以壯觀的千窗之城著名。來到這裡，走進路邊一間速食餐廳解決了午餐，日正當中，路上人煙稀少，市區有一條神奇的咖啡街，數十家咖啡廳與河流、公園和空曠的大街平行並排，從白天開始有稀稀落落的客人，到了晚上便是人滿為患，熱鬧如慶典。這裡的人喝咖啡不為什麼，不是坐在咖啡廳寫書、看書或是工作，甚至不一定在跟朋友聊天，就只是專心的在喝咖啡而已。

司機在午餐時喝了他的第十杯咖啡，一杯咖啡十到三十元台幣，咖啡當水喝是整個巴爾幹半島共享的文化，因此，一天可以喝幾杯咖啡變成了一種入境隨俗的挑戰。通常會在喝到第二杯美式時開始感到心悸，才發現原來身體的咖啡因含量和酒量一樣可以訓練，幾天後我便可以安然無事的喝下第三杯。

離開海岸線的溫度調節，山脈環繞的阿爾巴尼亞內陸地區在夏日溫度之高，萬里無雲的晴天讓城市儼然炙熱如火爐，太陽下山之前幾乎看不見行人在路上。當其他旅伴去逛古堡、探索知名餐廳時，我流連在咖啡街成為格格不入的一日阿爾巴尼亞人，有時望著風景，有時在公園散步，成為別人眼中的風景。

直到天色不再明亮到刺眼時，公園的一側會有幾個攤販出來賣瓜子。亞洲臉孔在這個城市裡成為稀有動物，走在路上像在走伸展台般，不難感受到四處頭來的好奇眼光。一如往常經過咖啡街，突然一位賣瓜子的爺爺把我叫住，正確來說，是手舞足蹈的要我停下腳步，一雙大大的淺藍色眼睛，隔著眼鏡仍亮得炯炯有神，他遞給我一捲用報紙盛著的瓜子，右手拿著瓜子，左手手心朝上表示歡迎，和藹的笑著。我接過那成花束般的紙捲，從口袋中拿出鈔票想付錢，台幣十塊，但我身上只有大鈔，他比劃著不不不，摸摸胸前，點點頭，雙掌合在一起要我離開。這時我才發現爺爺在比手語，我堅持要給錢，他堅持不要收，一位路人經過，從口袋拿出硬幣，又一陣推來推去後爺爺才終於收下。

我坐在對面的咖啡廳觀察著人來人往，嗑著瓜子。三兩男子在公園長椅上閒散的搭話；一位穿橘色衣服的阿伯獨自在一旁，坐著發呆，桌上的瓜子吃起來索然無味，但挺適合打發時間的，說不清過了多久，公園的男子離開，橘色衣服的阿伯仍坐在那。賣瓜子的爺爺打起視訊電話，對著電話那一頭笑得合不攏嘴，比劃著手語，在熙來攘往的人潮裡顯得特別安靜，不知道為什麼，我很高興他看起來很快樂。

神奇咖啡街之所以神奇，就是白天的死寂，與入夜後突如其來的熱鬧人潮形成極大反差，短短一百公尺的街道，每晚都如嘉年華，男男女女摩肩擦踵，但不論是往左或往右，離開咖啡街後既沒有派對也沒有商圈，不知道人群從哪裡來，更不知道他們要往哪裡去。阿爾巴尼亞是個穆斯林國家，貝拉特的市區，就在咖啡街旁有一座清真寺，對面佇立著一座同樣大小的基督教教堂，這裡沒有宗教戰爭。那天晚上跟爺爺道別後，公園裡的年輕人約我一起去玩碰碰車，他們說之所以大家都坐在咖啡廳裡，是因為失業率太高，工作太難找了，在咖啡廳的服務生一個月薪水是一百歐元。

隔天我又來到咖啡街，備好了零錢。

爺爺露出向日葵般的笑容跟我打招呼，他問我今天好嗎？我試著用肢體動作表示，我散步去了山丘上，石板屋很美，天氣好熱好熱，才發現比手畫腳是如此的難，他呵呵大笑，我笨拙的表演引來了圍觀人群，最後我指指瓜子，掏出剛剛好的零錢時，爺爺愣了一愣，放下小紙捲，堅持用塑膠袋裝了一大包瓜子給我。

那天傍晚，我沒有去對面的咖啡廳，而是坐在攤位一旁的石頭上嗑瓜子，陪爺爺賣瓜子。他從胸前口袋拿出一張全家的合照，有太太、兩個兒子、女兒和小孫女。我用手機查了手語，指指他，再指指心臟，用拇指與食指在搭乘一個愛心形狀，往上提，拇指彎兩下。想告訴他，謝謝你這麼好。

連日高溫釀成了森林大火，連續好幾天我望著遠方山上的樹林燒成岩漿般豔紅，天沒有降下甘霖來滅火，漫天煙霧若無其事的蔓延到鄰近國家。阿爾巴尼亞不會因為我的造訪而有任何改變，但我的心卻撕下了一角留在這，我再也想不起來古堡的名字，卻總是記得爺爺的瓜子，就像那場大火的塵埃與那些日子喝下的咖啡因，所有的經過，都成為了身體裡的一部分。

CHAPTER EIGHTEEN

第十八章

奧赫里德藍

馬其頓 Macedonia

奧赫里德 Ohrid

八月的馬其頓，熱得像烤爐，陽光太亮，刺眼得令人無法好好看清楚這座城市的樣貌。但奧赫里德不一樣，距離首都史高比（Scoby）約六個小時車程的距離，奧赫里德（Ohrid）緊鄰於歐洲最古老、最深的湖泊：奧赫里德湖（Ohrid Lake）。從倫敦來的飛機在空中盤旋，由上往下看彷彿經過一片海，左岸是阿爾巴尼亞，右側是馬其頓共和國。

鄂圖曼式建築沿著湖周的丘陵層層疊疊，紅磚屋瓦與深邃湖泊在陽光下相互交映，是誰將鑽石灑落在湖面，熠熠生輝的閃亮著幾乎透明的美麗。站在岸邊愣愣地望著，那是我沒見過的藍色，水清透涼，卻又深不可測，湖底彷彿藏著千年的哀愁，是所有歷史化成眼淚形成了奧赫里德湖，若天堂有顏色，我想它是奧赫里德藍。

湖畔是夏季度假勝地，老街擁擠著金髮碧眼的俄羅斯遊客，象徵天堂之眼的孔雀在教堂前來回踱步，一位老先生在酒吧樓下擺起手工藝品攤子，也替人編髮。

好奇心驅使，我坐了下來，老先生興致勃勃地挑著適合我的顏色，他說桃紅色很好。我點點頭，吃著冰淇淋，老先生靈巧的手已經編起我的髮，桃紅、天空藍和黑色，這是他眼中屬於我的顏色。編髮的同時老先生還得應付其他路過想買編織藝品的遊客，我對他純熟的技巧感到驚豔。

「我的正職是史高比的小學老師，每年放暑假就來奧赫里德擺攤子。」

原來是這樣啊，真有趣，我心想，吃著冰淇淋而沒有多做回應。老先生開始講同事的八卦，也訴說家裡的兩個女兒、一隻貓，以及全家的保加利亞公民申請計畫。據說馬其頓人會在第一次見面時就跟你聊完他們的前世今生，我想這是真的。

搭上遊艇，要花一個小時才能抵達湖的對岸，站在夾板上吹風時，一位名叫洛克的船員請我喝罐裝可樂。他是在史高比唸書的大學生，曾經在美國打工度假一年，因此講著一口美式英文，連續四年了，他夏天都來奧赫里德湖的遊艇公司打工當船員，未來畢業後想去美國工作，或移民保加利亞。三十分鐘的談話裡，我並沒有開口問太多問題，卻好像對洛克這個剛認識的朋友有了很多了解，就像編髮的老先生一樣，馬其頓人總是不吝嗇分享自己的故事。相談甚歡，當船靠岸時，我向洛克揮手道別，沒有留下聯絡方式，心想這座城這麼小，一定很容易在街上不期而遇吧。

然而一直到離開的那天，我都沒有再見過他。

馬其頓是全歐洲最窮的國家，即使奧赫里德湖堪比人間仙境，馬其頓與鄰國間的紛紛擾擾卻沒平靜過，近年與希臘因國名之爭吵了三十年還未定案。保加利亞給予馬其頓人特權，只要成年就可以申請成為公民，許多人想到經濟環境較好的國家去，因此申請保加利亞公民幾乎成為馬其頓人人都會去做的「成年禮」，連馬其頓前總統都是「保加利亞人」。

站在山頭眺望聖約翰教堂，遠處的大十字架在傍晚時分映成橘紅色，奧赫里德的夕陽是如此令人流連忘返，好似可以暫時從世界的混亂中脫離出來，就站在這愣愣地望著天堂般的奧赫里德藍被染成暖呼呼的橙色。想起馬其頓人的耿直性格，要是住上幾個月，可能很快就會對鎮上人民的前世今生都瞭如指掌了吧？

只是我就像那些金髮碧眼的遊客一樣，友善，愉快，並且不會再回來。

Doppio Gusto
GIANCHINO
La Nuova Ortolana
SICILIA ORTAGGI

CHAPTER NINETEEN

第十九章

你看天空在跳舞

北極圈 Arctic Circle

那是最後一晚了，最後一晚我們在北極的星空下入睡。

還記得第一次見到極光時的措手不及：清澈無雲的穹頂罩著結冰的湖，形成培養皿般的世界，寒帶針葉林環著湖岸生長，就像以前愛人描述過的，每到冬季，就只剩下黑白兩色的那種世界。我們在這進行每天的例行工作，紮營、挑水、生火。一邊踩著湖面一邊大驚小怪，總覺得這像是童話故事裡才會出現的畫面，總覺得這一切並不屬於我，而是在深深的睡眠裡跌入一場沉甸甸的電影裡。

我們穿著黑色吊帶褲行走於綿綿細雪，白晝比習慣中還要長，四月暖陽在北方斜角的天邊流連往返。今天是法蘭克生日，我送了一顆雪球給他。裹著橘色派克大衣，每個人都比自己原本的體積要膨脹三倍，法蘭克總是戴著頭套避免光溜溜的頭皮著涼，他長得很高很高，我要抬起頭才能看見他的臉。法蘭克瞇著眼笑，笑著說這一球捧在掌心的雪，是一輩子收過最棒的生日禮物。

雖然天氣晴朗，但天色不會全暗，看見極光的機率不高。我便不抱期待了，自顧自的低頭磨著打火石，將雪融成水，煮沸了倒進冷凍乾燥食物包裡，今晚吃咖哩羊肉。疲累了一整天終於偷得片刻休息，夥伴尚埋頭狼吞虎嚥著食物包，拿著湯匙使勁的往深處挖，不願放過任何一粒米、一抹醬，他真是餓壞了，彷彿末日來臨也不能打擾他吃乾抹淨的決心。我好奇過現代人在極圈荒原裡吃什麼樣的食物為生，眼前散落在雪地上的茶包、巧克力棒和咖哩羊肉包解決了我的疑問，在冰天雪地裡擁有冒著白煙的熱食，簡直是三生有幸。當時沒有想像過，回到文明世界後，那曾經令我餐餐殷勤期盼的香料味，在腦海中竟會演變成幾乎讓人退避三舍的穢物，太黏膩的口感、太俗氣的鹹。

說不清時間過了多久，畢竟在純白的浩然裡，光陰也顯得渺小。每一頂帳篷像一座獨棟別墅，在雪中畫出自己的花圃，沿著結冰的湖畔建出一段鏈狀的小村莊，我們是守望相助的村民。不知道是誰替天幕刷上了深紫色的水彩，狗兒們已靜靜窩成圈睡著了，萬物皆靜然，只剩下液態瓦斯罐與蜘蛛般的爐頭在火焰裡發出轟轟轟的聲音，是燃油與熱能的產物，在此刻聽起來有一種安心的感覺。

「Northern lights！」有人指著天空大喊，北極光。那聲音在空氣中搖搖晃晃，感覺它來自很遠很遠的地方，奮力地爬過許多介質才來到耳邊。我抬起頭，眼淚瞬間掉了下來。

Pältsastugan
Treriksröset 13
46 Rostojávri
Råstojaure
Goldahytta 16
11 Gappohytta
126 Kattuvuoma
47 Råstojaure
23 Vuorvejokk
16 Råstohytta
Kilpisjärvi 20
Kåltaluokta 14
Treriksröset 14
11 Gappohytta
Keinovuopio 34
Kummavuopio 24

關於極光我已經聽過太多傳說故事，像人魚、或獨角獸一般如夢似幻，不曾期待過它真實存在，至少不存在於我認知的世界裡。愣愣望著在空中舞動的綠色光影，沒有任何照片或影片能夠詮釋它巨大而寧靜的美，那時對在場的所有人來說都難以言喻吧？我們在斯德哥爾摩（Stockholm）討論過，極光是什麼顏色，極光有聲音嗎？「啪滋啪滋。」「啪滋啪滋。」來自塞爾維亞（Serbia）的女演員瞪著大大的藍色雙眼說，極光出現時會有觸電般的聲音。「才沒有呢。」從小生長在北歐的芬蘭女孩開口，她說那些聲音是人們在極度安靜的空間裡產生的幻覺。大夥們七嘴八舌的討論著，而此刻，我們分別在自家帳篷前凝視著同一片天空，他們聽見什麼了嗎？我聽見了什麼？

無邊無際的沈默，安靜到頓時失去重力，有一霎那感覺自己離開了地球，在外太空飄浮著，化身成紫色與藍色的帶電粒子，腦子好像還在跳動，身體消失了，啪滋啪滋。四月的極圈黑夜不夠深，是幸運女神的眷顧吧，才讓我們得以親眼目睹這奇蹟般的神祕色彩，在天空翩然起舞，如精靈的彩帶般優雅婆娑，是宇宙捎來的消息，說此刻我們就是世界上最幸福的人。

當時我不知道，在一趟旅行中連續的看見極光有多麼可遇不可求。雪橇長征的最後一夜，升起了營火，每個人都精疲力盡，眼神卻無比閃耀熠熠。越往南方漸漸能看到一些枯木與湖泊，不再像啟程時那一片月球般的荒蕪，我們都好幾天沒洗澡了，女孩們將打結的髮收進保暖的衣領裡，有些人脫下了因為整天陷在積雪裡而潮濕的笨重靴子，人手一杯茶圍著營火，好似里民大會般，交流著這幾天的心路歷程，明明走在同一條路上，卻總是因為帳篷搭得遠而無緣相見。一張一張歷經冒險與風霜的臉龐在燃著木頭的火光旁映成溫柔的暖色系，凍紅的雙頰、疲累卻炙熱的眼神，我們相視而笑，沒有一句話可以完整表達這趟奇幻旅程在我們心裡埋下了什麼種子。法蘭克正要找個位置坐下，踩上硬冰而滑了跤，一屁股跌在雪裡。「啊！」他四腳朝天，眼睛與嘴巴都睜得大大的，我笑他，他卻沒有要起身的意思，愣了幾秒鐘，慢動作般的伸出一隻手指說：「妳看天空在跳舞。」

我的視線，沿著營火冉冉煙縷上升，暖意消逝後映入眼簾的，是在雪地寒夜裡發出銀色光芒的枯木森林，那交織成網的枝椏背後，有一整片藍綠色海洋世界。繁星是蜉蝣，極光化身夜空中的鯨鯊，悠然自得地舞動，優雅而浩大，尾巴一甩打翻了顏料罐，在黑幕染上夢境般的浮光掠影。

「有時候狠狠的跌倒，反而讓人能發現不同視野的美好呢。」

法蘭克認真的說，繼續躺在原地。夥伴們三五成群驚嘆著眼前的景色，脖子酸了仍捨不得錯過它一分一秒。來自印度的尼歐和里央打著節拍唱起歌，伴隨著木材在火焰裡碎裂的聲音，我們在極光下跳舞，這一刻，除了盡情跳舞之外沒有更重要的事了，彷彿沒有明天般的全心全意，這是我所渴望的全部了。

那是最後一晚，最後一晚我們在北極的星空下入睡。當天下午抵達營地時，尤漢宣布今晚我們將以天為蓋地為廬，露宿雪地。接著每一小組開始鏟雪，鏟出一塊凹陷的四方形空地，四周矮小的牆是完美的避風技巧，就這樣成為一個精心挑選的窩，在窩裡鋪上防水布，今晚的床就已經大功告成。凌晨兩點，夜深了，里民大會散場，一個個裹著派克大衣的橘色小人們緩緩走回自己的窩，雪是鬆的，一不小心深陷其中無法自拔。

脫下過多的衣層，避免結冰，將靴子包在防水袋裡塞入睡袋底部，幸好我的腿很短，將很多東西都放進睡袋裡之後仍有足夠的空間，用派克大衣包著雙腳加強保暖，確認頭上帶著毛帽，將睡袋拉鍊拉到頂，一切就緒。我們四個人並排躺在一起，也許遠看很像四片橘色香雞塊。尚和娜米已經沒有動靜，隔著毛絨絨的帽緣看不見左右，視線範圍只剩下一片寧靜而靜止的天空。

「累了嗎？」右邊傳來傑洛亞的聲音。

「累。」

「還不睡嗎？」

「捨不得睡。」在我說話的同時呼出一口一口白煙，模糊了眼前的星星。從頭頂到腳指都被飽滿填充的羽絨包圍著，透過身體散發的熱氣加溫，漸漸的已經感受不到身處極圈的冰涼，取而代之的是疲倦與一股令人感到安心的暖意，以及絕無僅有的滿足感，彷彿回到胎兒時期，在很溫暖的窩裡，被保護著。極光女神用一曲華爾滋謝幕，裙擺搖曳過群星的掌聲，溫柔撒下閃閃發亮的魔法金粉，我眨眨眼向星空說晚安，輕輕閉上雙眼，任由身體融化在北國的浪漫裡。

CHAPTER TWENTY

第二十章

薩米之歌

北極圈 Arctic Circle

薩米，北歐原住民，冰雪世界裡自由的牧民，
與鹿為伍，與世無爭。
他們想像的天堂是有很多馴鹿的地方，
信仰世界上所有的事物都有靈魂和精神存在。

據說薩米的歌曲是與精靈的交流，
唱給心愛的對象，
獻給一個人，獻給山水，動物或是森林。
沒有歌詞，應該說沒有人能夠聽懂歌詞的意思，
只有創作者可以解釋。

包子說在極圈很適合寫詩，
白茫茫的世界令人感覺不到時間的流逝。
我沒有寫詩，
但在雪橇上創作了兩首歌。
一首唱給我的六隻狗，

一首唱給遠方心愛的人。
歌詞是由法文、西文、
含糊不清的中文與破碎的片假名所組成。
有些慵懶的爵士曲風，
每一個聲音都有意義，都有情感。

我沒辦法再唱一次給你聽，
但世間的一切不也都是無法重複的嗎？
我們再也不會遇見同一片雲，或是同一抹陽光，
即使再回到相同的地方，也不會有一模一樣的心境。
在我們存在著的此時此刻
透過旋律傳達了滿腔的溫柔與感動，
即使不被記錄下來又如何呢？

再也沒有任何意旨比音樂更能表達感覺。
我想我懂了薩米的歌，
不是為了被流傳，

也不為了成為熱門排行，
只為了在當下，觸碰靈魂的聲音。

CHAPTER TWENTY-ONE

第二十一章

如何說再見

在這趟北極長征裡，每個人的雪橇有六隻雪橇犬，依照駕駛的體型去分配狗兒大小。整個隊伍二十四人，二十四台雪橇和一百四十四隻狗。恰克、力皮、傑克、帕基、李奇和莉雅，是我這四天雪地裡的毛夥伴，要照顧這群好動的哈士奇，又要控制他們，是每天花最多力氣的事。第一次見面，是在歷經兩天的基本訓練後，準備好踏上長征之徒。上百隻狗拴在樹林間，這是最興奮的時刻，從遠處便可聽見此起彼落的狗嚎，大夥們一一將背包從巴士上卸下來，分裝了其他多餘的行李，只帶必備品上雪橇。

「準備好與你們的狗見面了嗎？」吉琳娜說。

事實上，即使對於狗狗狂熱人士而言，身處於百隻狗兒之中其實也不是一件如想像中夢幻可愛的事，除了停不下來的嚎叫聲之外，氣味，說不上臭，只是濃郁的狗味，像某種高密度分子飄浮於空氣中，令人感到無處可逃，到哪都是一樣濃郁的狗味。然而相處久了，好像自己也變成了狗，當初有些難以習慣的氣味反而變成一股熟悉的安穩。

要記住每隻狗的名字不容易，「你好，傑克。」我畢恭畢敬取下傑克的鏈子，要帶他去雪橇前正確的位子上，傑克喜歡抱抱，他跳到我的身上，只用後腳站立著，拉長的身體幾乎跟我一樣高，他是一隻有黑色斑點的短毛西伯利亞哈士奇，活力十足又特別愛撒嬌。身為一個雪橇駕駛員，同樣的動作必須做六次：解下鏈子，把狗牽到雪橇旁，並且繫上雪橇鍊。

「請別擔心，你不傷害他們，他們也不會傷害你。」

吉琳娜解釋著該如何正確對待狗狗們。來自英國的她在旅行時遇見來自斯洛伐克的男友，兩人都喜愛戶外生活，結婚後定居在瑞典北方，兩人都是專業雪橇駕駛員，並且一起養了四十隻雪橇犬。

第一次接觸到雪橇這項運動時，想著不該勞動動物工作而躊躇著，就如反對馬戲團與騎大象一樣，後來才知道，西伯利亞犬是天身的跑步健將，駕駛並不需要任何命令讓他們開始跑，反而要花比較多的力氣停止狗兒們瘋狂往前奔跑。接下來的日子裡，在北方寸草不生的荒原中，我們相依為命，互相照顧，六隻強壯的毛孩負責雪橇動力，而我則負責每天砍香腸餵食。漸漸的我可以認出每一隻狗的長相與名字，帕基最瘦小，恰克最聰明，莉雅最喜歡邊跑邊吃地上的雪，還有李奇，李奇是團隊

裡唯一一隻白色的狗，他總是看起來很興奮，只要一有機會就喜歡在雪地上翻滾。

有時候，我會因為太沈溺於揉揉抱抱而被吉琳娜斥喝，因為我們必須要加快工作的腳步，搭帳篷、生火等……

有時候也會發生意外。

「傑克！傑克！」

我大吼，但仍然停止不了傑克強壯的步伐拖著我在雪地裡踉蹌，抵達營地休息時，他仍活力十足的想往前跑，我拼命抓著他的項圈不敢鬆手，又不敢大力拉扯怕弄痛了他，結果就是一陣跌跌撞撞，最後我千百個不願意的摔進一旁黑黑黃黃的狗屎堆裡。腦子幾乎凍僵又打結，全身髒兮兮，卻又無法對舌頭伸在外面呼氣喘啊喘的傑克生氣。

雖然家裡也有養狗，但這是第一次與這麼多隻狗朝夕相處：才發現狗可以發出這麼多種聲音，不只是汪汪汪，還有嗚咿嗚咿、啊啊啊啊，甚至有些像人，有些像熊，有心人應該不難寫出一百種狗叫聲的紀錄。每天離開帳篷時，迎接我們的是早已蓄勢待發的上百隻狗狗們，只要一隻狗開始叫，其他就會回應似的發出長嚎，成群結隊的附和，彷彿在討論國家大事般你一言我一語，譜成一曲磅礴狗狗交響樂。很快的，我也習慣了在嚎叫聲中醒來，展開新的一天。

這群毛孩跑起來像瘋了一樣，靜下來時卻又溫馴得不得了，當他們將自己的身體捲成一圈，窩在鋪好乾草保暖的窩裡；或著當他們挺著背，用一雙雙黑溜溜的眼睛直直望著你，一臉無辜又毛茸茸的樣子，總讓我願意無條件原諒他們一整天的瘋狂所製造的混亂。

我們每天平均一天要移動七十到八十公里的距離，除了站在雪橇細細長長的兩根木桿上保持平衡，並且得在行進間注意每隻狗的動向，避免繩索打結，其實過程中，人類與狗狗們就是合作無間的夥伴，上坡時我們必須助跑幫忙，下坡時也得小心踩煞車避免失控，像齒輪般一舉一動都牽連著彼此。駕駛雪橇就如開車一樣，速度太快是危險的，雖然雪橇的時數頂多達到十至十五公里，所謂的危險倒不是說相撞，而是因為剛下過雪，而狗狗們在鬆軟的雪裡跑跳一不小心會導致腿部受傷，當速度太快時，容易在有狀況時來不及煞車而讓後面的狗撞上前面的。因此駕駛員隨時隨地都得保持注意力集中，不只是注意路況，更必須要隨時踩下鋸齒狀的鐵製煞車，製造摩擦力讓雪橇速度稍緩。

抵達終點線前的最後一哩路，沿著前面隊伍留下的軌跡行走，一片白茫茫的極地大陸。跑著跑著力皮掉進路線邊緣的鬆雪中，當我反應過來時，力皮的下巴已經因為繩索的拉扯而受傷了，我緊急踩下煞車，將鐵錨用力插在雪裡，同時對著吉琳娜大喊。血濺滿地，力皮還瞇著眼想繼續往前跑，血順著他的口腔留下來滴在雪上，我不知道傷口在哪，甚至不太清楚剛才到底發生了什麼事讓他受傷，只是心疼極了。

「我最痛恨有人沒辦法好好照顧他們的雪橇犬！」吉琳娜看著受傷的力皮，對我大吼。

我像個做錯事的孩子不知所措，難受又自責的哭了出來。

吉琳娜使用無線電與附近的其他教練聯絡，幸好已經是最後一天了，我們已經離最近的村莊不遠。等待有人來載走受傷的力皮，我輕撫著他的身體喃喃自語：辛苦了，辛苦了，對不起，對不起。

天氣無比晴朗，接近中午的時間對於狗兒們來講太熱，隊伍停下來在一旁休息，也讓雪橇犬散散熱，拿下雪鏡的一瞬間便能感受到陽光照在雪上那刺眼的亮度，難怪連狗都瞇著眼睛。安頓好力皮之後我們繼續前行。

三百公里長征結束了，有桑拿和熱騰騰的濃湯在終點線等待，參加者們互相擁抱，慶祝這歷經風霜後換來的喜悅。我的雪橇只有五隻狗，吉琳娜說力皮沒事，只是皮肉傷而已，很快就會康復，望著雪橇鏈的空缺，心裡仍糾結不已，但至少明白了狗狗們的狀況被細心照料著。在極端的環境下度過了四天，有過溫馨有過掙扎，有過狂風大雪也有過浪漫天晴，我們越來越習慣彼此的陪伴，然而時光太倉促，預期中的終點仍然來得太突兀。

該如何說再見呢？怎麼樣的道別似乎都不合時宜。長征的任務順利完成，一陣歡呼喧嘩後，一切很快安靜了下來，傑克沒有像以往雀躍地跳到我身上，只是輕輕將前腳放在我的手心，用濕潤的鼻頭嗅嗅我，我脫下皮革製的防風手套摸摸傑克，在冷空氣裡眼淚並沒有像北方傳說那般凝結成冰，就如世界上任何一個角落一樣，當眼眶積了過多水分，就會任由地心引力的隱形繩索牽著帕嗒帕嗒往下掉落。李奇、恰克、帕基和莉雅都疲累而安靜的趴在原地，輕輕的擁抱後我不忍再回頭，背起數日以來躺在雪橇上的行囊，往前方壁爐裡燒著焰火的小木屋走去。

再回首，上百隻狗兒們已經被帶回去村子裡的家休息，消失得無影無蹤，徒留一大塊雪橇停泊的空白地，也許就像古人說天下沒有不散的宴席，也許再多次的練習也不會讓任何形式的離別變得簡單輕鬆。終於洗了一場熱水澡，衣服仍殘留著狗的味道，舌頭還黏著飄在空氣中的狗毛，彷彿一切都如常，卻安靜得不像話，豎起耳朵已聽不見那雪地裡最熟悉的聲音。

凱特文化 讀者回函

敬愛的讀者您好：

感謝您購買本書，只要填妥此卡寄回凱特文化，我們將會不定期提供您最新的出版訊息與特惠活動資訊！

您所購買的書名：路上慢慢想

姓　　名 ________________ 性別　男□　女□

生　　日 ____年____月____日 年齡 ________

電　　話 ________________

地　　址 ________________

E-mail ________________

____ 學歷：1. 高中及高中以下　2.專科與大學　3.研究所以上

____ 職業：1.學生　2.軍警公教　3.商　4.服務業　5.資訊業　6.傳播業　7.自由業　8.其他

____ 您從何處獲知本書：1.書店　2.報紙廣告　3.電視廣告　4.雜誌廣告　5.新聞報導　6.親友介紹　7.公車廣告　8.廣播節目　9.書訊　10.廣告回函　11.其他

____ 您從何處購買本書：1.金石堂　2.誠品　3.博客來　4.其他

____ 閱讀興趣：1.財經企管　2.心理勵志　3.教育學習　4.社會人文　5.自然科學　6.文學　7.音樂藝術　8.傳記　9.養身保健　10.學術評論　11.文化研究　12.小説　13.漫畫

請寫下你對本書的建議：

____

____

____

____

廣告回信	
板橋郵局登記証	
板橋廣字第836號	
免貼郵票	

to 新北市 23660 土城區明德路二段 149 號 2 樓

凱特文化創意股份有限公司 收

姓名：

地址：

電話：

文學良品 24

路上慢慢想
TRAVEL LIGHT

作者 謎卡 MIKA LIN
攝影 謎卡 MIKA LIN

發行人 陳韋竹
總編輯 嚴玉鳳
主編 董秉哲
責任編輯 董秉哲
封面設計 陳恩安
版面構成 adj.形容詞
行銷企畫 黃伊蘭
業務企畫 陳宜君、謝雅薇
製版 軒承彩色製版有限公司
印刷 通南彩色印刷事業有限公司
裝訂 智盛裝訂股份有限公司
法律顧問 志律法律事務所・吳志勇律師

出版 凱特文化創意股份有限公司
地址 新北市236土城區明德路二段149號2樓
電話 02-2263-3878
傳真 02-2236-3845
讀者信箱 katebook2007@gmail.com
部落格 blog.pixnet.net/katebook

經銷 大和書報圖書股份有限公司
地址 新北市248新莊區五工五路2號
電話 02-8990-2588
傳真 02-2299-1658

初版4刷 2020年11月
ISBN 978-986-96788-0-3
定價 新台幣300元

國家圖書館出版品預行編目資料｜路上慢慢想／謎卡 著.
──初版.──新北市：凱特文化，2018.9 160面；14.8 × 21公分.（文學良品；24）
ISBN 978-986-96788-0-3（平裝） 719 107012139

TRAVEL LIGHT

路上慢慢想

謎卡_MIKA